LETZTE AUSFAHRT MUTTERBRUST

Schräge Geschichten
aus dem
Wirrwarr des Lebens

Norbert Büchler

Letzte Ausfahrt Mutterbrust

Schräge Geschichten
aus dem
Wirrwarr des Lebens

Bibliografische Informationen der Deutschen Nationalbibliothek:
Die Deutsche Nationalbibliothek verzeichnet diese Publikation in
der Deutschen Nationalbibliografie; detaillierte bibliografische Da-
ten sind im Internet über www.dnd.de abrufbar.

Umschlaggestaltung: Jürgen Batscheider

Herstellung und Verlag:
BoD- Books on Demand, Norderstedt

ISBN: 978-3-7528-9702-9

Katastrophen und andere Katastrophen

Ich schreibe Katastrophenromane über Frauen, die mir nahestehen. Dass all diese Beziehungen katastrophal enden, kann unmöglich an mir liegen. Meine Verlegerin Peggy ist da zwar anderer Meinung, doch ohne meine Umsätze ginge es ihrem Verlag längst nicht so blendend.

Peggy steht mir nahe und auch das ist eine Katastrophe, denn seit einigen Monaten ist sie unsäglich verliebt in mich. Fatalerweise hält sie mich für eine Frau, obwohl wir schon mal etwas miteinander hatten, aber da war ich noch ein Mann. Das bin ich zwar immer noch, aber mittlerweile ist einiges vorgefallen, weshalb ich ausholen muss.

Peggy hatte mit mir und meinem Schulfreund Tom studiert und war in dieser Zeit zuerst mit ihm und danach mit mir zusammen. Ich weiß bis heute nicht, was daran so schlimm gewesen sein soll, jedenfalls entdeckte Peggy kurz darauf ihre Neigung zu Frauen, die bis heute anhält. Während des Studiums wollten Tom und ich eine Streitschrift über unsere verlorene Generation schreiben, angeregt von Professor Humpe, einem Radikaltheoretiker, der uns aus unerfindlichen Gründen für literarisch begabt hielt. Ich warf jedoch irgendwann hin und sackte in die Unterhaltung ab, während Tom beharrlich blieb und das Buch mit dem Titel *Gezeugt und schon verloren* alleine vollendete. Auf seine Bitte hin schrieb Humpe das Vorwort, doch ausgerechnet zum Zeitpunkt der Veröffentlichung hatte dieser durch seine Teilnahme am RTL-Dschungel-camp seine Reputation und vermutlich auch seinen Verstand verloren.

Peggy, die damals gerade den Verlag von ihrem Vater übernommen hatte, brachte Toms Buch gegen den Rat ihres Lektors heraus. Sie hätte auf ihn hören sollen, denn es wurden nur sieben Stück verkauft. Frustriert schmiss Tom hin und schrieb nie wieder ein Wort, obwohl ich ihn bis heute für talentiert halte. Ich dagegen wurde zu Peggys profitabelstem Autor.

Es begann mit *Meine Frau und andere Katastrophen*, und seither veröffentlichte ich alle zwei Jahre einen weiteren Band. Nach meiner Frau hatte ich mir meine Zahnärztin, meine Friseuse, meine Therapeutin und meine Anwältin vorgenommen, der sechste Band sollte von meiner Floristin handeln. Alle Frauen existierten wirklich und keine von ihnen will seither noch etwas mit mir zu tun haben. Besonders aufgebracht reagierte die Therapeutin, ich hatte ihren Humor über- und ihren Anwalt unterschätzt, das kostete mich eine Stange Geld. Die Floristin hingegen redet noch mit mir und ist als bislang Einzige begeistert davon, die Hauptfigur meines nächsten Buchs zu werden. Meine Erfolgsreihe zeigt mittlerweile deutliche Abnutzungserscheinungen, was Peggy jedoch ignoriert. Sie braucht meine Bestseller, um damit andere Projekte zu finanzieren. So bewirkt mein Kram wenigstens etwas Gutes.

Die Sonne stand im Zenit, doch gegen mich wirkte sie wie eine matte Glühbirne, während an mir alles strahlte und glänzte. Alles, außer meiner Frau.

So hatte mein erstes Buch begonnen und das Einzige, was nach all den Jahren noch glänzt, sind die Augen meines Bankberaters Müller, für den dieses Buch der Beginn einer wunderbaren, aber einseitigen Freundschaft war. Ich mag ihn nicht und dass er jedes meiner Bücher begeistert verschlingt, macht nichts besser.

Eigentlich wollte ich nie Unterhaltungsautor werden, doch zu mehr hat es nicht gereicht. Fotoberichte über mich wurden grundsätzlich in Peggys Bungalow abgelichtet, denn sie befürchtete Umsatzeinbrüche, sollte die Existenz meiner schäbigen Zwei-Zimmer-Wohnung ans Tageslicht kommen. Doch ich mag diese Absteige und habe sie inzwischen sogar gekauft. Eines der wenigen Dinge, die ich mir von all dem Geld leistete, den Rest verwaltet Müller.

Die Verfilmung meines ersten Buches konnte ich leider nicht verhindern und so hatte Peggy die Filmrechte an den Meistbietenden verkauft. Müllers euphorische Stimme am Telefon ließ mich die Summe, um die es hier ging, erahnen. Als ich erfuhr, wen man für die weibliche Hauptrolle engagiert hatte, betrank ich mich zwei Wochen lang, so eine miserable Besetzung hatte mein Buch wirklich nicht verdient. Damit begannen meine Magenprobleme, die sich rasch verschlimmerten. Ich konsultierte alle möglichen Spezialisten, bis mich nach Monaten schließlich mein Hausarzt aufklärte. Ein Magen, der sich gegen das Schreiben eines solchen Schrotts wehre, sei kerngesund. Krank hingegen seien meine Bücher, ich solle endlich etwas Vernünftiges machen. Seine Diagnose war wie Befreiung für mich und ich beschloss, gleich nach der Floristin, mit der mein Vertrag erfüllt wäre, damit aufzuhören. Dann wäre ich wieder frei.

Meine Floristin war wirklich nett, sie hatte schon oft magenschonend für mich gekocht und die Nacht bei mir verbracht. Doch jedes Mal, wenn ich an ihrem Manuskript saß, rumorte es in meinem Bauch und ich spürte eine Magenkolik nahen. Ich konnte unmöglich weiter daran arbeiten. Da fiel mir Tom und sein brachliegendes Talent ein. Ich rief ihn an und klagte über mein Elend. Das Buch richte mich zugrunde, doch Peggy bestehe auf Vertragserfüllung.

„Du hast mit diesem Zeug angefangen, jetzt musst du es auch durchziehen.", verwehrte mir Tom jedes Mitgefühl.

„Aber ich bin am Ende, ich kann nicht mehr."

„Ich nehme dir diese Krise nicht ab, die hast du seit dem zweiten Band."

„Wenn *du* mir nicht glaubst, wer dann?"

„Aber wie sollte ausgerechnet ich dir helfen? Geld hast du doch genug."

„Es geht nicht um Geld."

„Um was geht es dann?"

Ich zögerte, und sagte dann leise:

„Die Floristin, schreib du das Buch für mich, dieser Bestseller-Einheitsbrei ist doch ein Kinderspiel für dich."

„Ich soll als Ghostwriter für dich arbeiten?", fragte Tom entsetzt, „wir können doch Peggy nicht derart hintergehen. Du kennst sie, wenn sie das entdeckt, fackelt sie uns beide lebendig ab."

„Ich weiß, ich weiß! Du erhältst natürlich die Tantiemen in bar und ohne Quittung, während ich wie gewohnt alles versteuere, es muss unter uns bleiben."

Tom kannte meine Auflagenhöhe, mit dem Geld konnte er sich einige freie Jahre finanzieren und doch noch seinen ernsthaften Roman schreiben. Und Peggy konnte weiterhin ihren Gewinn einfahren.

Er bat um Bedenkzeit und ich saß tagelang wie auf Kohlen.

Schließlich sagte er zu.

Wir besprachen alles Organisatorische und ich übergab ihm den Stick mit dem angefangenen Manuskript. Gegenüber meiner Floristin hatte ich Stillschweigen verordnet, sie wäre die Einzige, die nicht mehr mit mir reden würde, weil ich *kein* Buch über sie geschrieben habe.

Nach drei Monaten überreichte er mir das Manuskript. Seinem Zustand nach schien er eine grässliche Zeit hinter sich zu haben. Ich las den Text und war zufrieden:

„Du kannst also auch Schrott.", lobte ich ihn.

Tom erwiderte, er sei bestürzt darüber und könne mich und die Qualen bei der Verfassung fünf solcher Höllenwerke, nun verstehen. Dann deutete er erste Magenprobleme an. Ich gab ihm eine Liste meiner Medikamente.

Ein halbes Jahr später kam *Meine Floristin und andere Katastrophen* mit dem üblichen Werbeaufwand heraus und wurde erneut ein Erfolg. Ich organisierte im Verlag ein Abschiedsfest, zu dem ich natürlich auch Tom einlud. Peggy, die von unserem Schwindel nichts ahnte, war gut gelaunt und stieß mit uns an.

Danach gingen wir noch in eine Bar, wo Tom mir von seinem Psychologen berichtete, der ihn nach diesem Schreibtrauma wiederaufgerichtet habe. Es freute mich, dass es ihm wieder besser ging. Dann berichtete ich, dass Peggy mir einen Vertrag über sechs weitere Bände angeboten hatte.

„Du hast doch hoffentlich abgelehnt?", fragte Tom besorgt.

Ich nickte nur. Dann unterhielten wir uns lange über unsere Magenbeschwerden, die bei uns beiden etwas nachgelassen hatten.

Ich genoss meine Freiheit, nichts mehr schreiben zu müssen und verbrachte meine Tage zumeist antriebslos in der Wohnung. Die Floristin, die soeben eine neue Filiale eröffnet hatte und all ihre Energie in ihr Geschäft steckte, konnte meine Apathie irgendwann nicht mehr ertragen und verließ mich.

Nach Wochen der Trauer um sie kam mir eine Idee für ein neues Buch, eine Art Selbstreinigung, die meinen Magen möglicherweise wieder vollständig heilen würde. Leider musste Peggy dazu ein weiteres Mal hintergangen werden. So begann ich erneut mit dem Schreiben.

Im Herbst erschien das Buch einer bis dahin unbekannten Autorin mit dem Titel *Mein Schriftstellermann und andere Katastrophen*. Es war eine Persiflage auf meinen ersten Romanerfolg. Peggys Verlag hielt sich strikt an den Wunsch der Autorin nach Anonymität. Das schmale Buch, es hatte nur knapp neunzig Seiten, wurde ein Erfolg, weil es meinen Katastrophenroman mitleidlos auf die Schippe nahm. Da ich als fiktive Autorin unerkannt bleiben musste, war Peggy das Manuskript über einen Rechtsanwalt zugeleitet worden, der ein verlässlicher Bekannter von mir war. Peggy hatte keine Ahnung, dass ich dahintersteckte.

Ich war damit wieder Inhaber eines tadellos funktionierenden Magens, nicht zuletzt, weil ich mich mit meinem Bankberater Müller überworfen hatte und mein Geld nun selbst verwaltete.

Tom hatte dank meiner Tantiemen seinen Job gekündigt und akzeptierte allmählich seine Fähigkeit, Schundromane schreiben zu können, auch wenn er sich dies strikt verbot. Ich hingegen nahm mir mein Buch über die Zahnärztin vor und beendete innerhalb weniger Monate den zweiten Band *Mein Schriftstellerpatient und andere Katastrophen*.

Ich würde mir, solange die Reihe sich verkaufte, Buch für Buch vornehmen, außer jenes über meine Floristin, denn das hatte sie nicht verdient.

Das Einzige, was mir mittlerweile Sorgen machte, war der Zustand von Peggy. Sie schwärmte permanent von der neuen Autorin und ihrem Humor und was das für eine umwerfend tolle Frau sein müsse. Schließlich gestand sie mir, dass sie sich in sie verliebt habe, ein Gefühl, dem sie machtlos gegenüberstehe. Die Sache bekam immer mehr Dringlichkeit, ein Buschfeuer hatte sich bei ihr entfacht und im Verlag begann man sich, Sorgen zu machen. Ihre zunehmend wahnhafte Suche nach dieser Autorin wurde zum Problem.

Es begann damit, dass mein Rechtsanwalt merkwürdige Anrufe erhielt und schließlich bei ihm eingebrochen wurde. Er beruhigte mich, Peggy könne bei dieser Aktion unmöglich etwas gefunden haben. Ein paar Tage später rief er mich aufgeregt an, dass sie auf dem Weg zu mir sei. Peggy habe ihn mit einer Waffe bedroht und er aus Not gestanden, dass ich die Autorin kennen würde. Sie werde in Kürze bei mir auftauchen.

Ich wusste von ihrer Waffe, zu deren Kauf sie mich damals mitgenommen hatte, nachdem in ihrem Bungalow eingebrochen worden war. Sie würde zweifelsohne Gebrauch davon machen. Da läutete es.

Ich öffnete und in ihrem Liebeswahn zielte Peggy mit der Pistole auf mich. Ich bat sie, sich zu setzen und schenkte ihr einen Scotch ein, den sie auf einen Zug austrank.

„Peggy, ich weiß, warum du gekommen bist. Du musst jetzt stark sein."

Sie wurde leichenfahl und hauchte:

„Die Autorin ist verheiratet und hat fünf Kinder?"

„Nein, sie ist unverheiratet und ungebunden."

Sie atmete auf.

„Du kennst sie und warst schon mal mit ihr zusammen.", sagte ich.

„Was?!?!"

„Das ist lange her."

„Wer ist sie?"

Ich bat sie, zuerst die Pistole zur Seite zu legen, was sie auch tat, dann sagte ich:

„Sie ist ein Mann."

Das versetzte ihr einen Schlag.

„Ist es Tom?"

Ich schüttelte den Kopf.

Es dauerte nicht lange, da traf mich ihr fester Blick:

„*Du* bist es."

Dann griff sie zur Waffe.

Ich konnte das Krankenhaus nach zwei Wochen wieder verlassen. Ich fragte Tom, ob er etwas von Peggy gehört habe, doch er verneinte. Sie sei verschwunden und der Verlag derzeit führungslos.

Im Krankenhaus hatte ich mich geweigert, der Polizei gegenüber Angaben zu der Person zu machen, die mir zwei Schüsse in die Schulter verpasst hatte, auch lehnte ich es ab, Anzeige zu erstatten. Die eingeschaltete Staatsanwältin befragte mich mehrmals am Krankenbett und beim Hinausgehen bewunderte ich jedes Mal ihre roten Haare, deren Lockenpracht sie mit einem raffinierten Zopf zu bändigen wusste.

Ich sah Peggy erst nach einigen Monaten wieder. Sie kam unangekündigt in meine Wohnung und meinte, dass wir nun quitt seien. Ich hätte sie schamlos belogen, sie mich dafür angeschossen, ich sie aber nicht angezeigt, weshalb sie mich weiterhin als Autorin verlegen würde, zumal die staatsanwaltschaftlichen Ermittlungen im Sande verlaufen seien. Weitere Erörterungen könnten wir uns deshalb ersparen, wenn ich einverstanden sei. Das war ich. Zufrieden stand sie auf und ging.

Vom Balkon aus sah ich sie meinen Wohnblock verlassen. Sie lief zu ihrem Auto, ein Cabrio mit offenem Verdeck, wo auf dem Beifahrersitz eine rothaarige Frau mit Löwenmähne saß. Sie küssten sich, bevor Peggy mit quietschenden Reifen davonfuhr.

Ein Jahr später schickte ich ihr einen kurzen Manuskriptentwurf mit dem Titel *Meine Verlegerin und andere Katastrophen,* ein Projekt, das ich ausnahmsweise unter eigenem Namen herauszubringen bereit sei. Peggy lehnte eine Veröffentlichung ab und drohte mir, nicht mehr danebenzuschießen, sollte ich es bei einem anderen Verlag versuchen.

Schade, es hätte ein Bestseller werden können.

Letzte Ausfahrt Mutterbrust

Mein Freund Hugo wohnte mit knapp fünfzig Jahren noch immer bei seiner Mutter, die ihn nicht nur mit diesem Namen, sondern auch charakterlich verhunzt hatte. Im Gegensatz zu mir wirkte Hugo wie ein Kind, ich hingegen bin gereift durch drei gescheiterte Ehen und einer in Fachkreisen hochgelobten Modelleisenbahn. Hugo war entwicklungsbedingt ausgestattet mit allem, was Frauen nicht mögen, hatte aber dennoch Affären, was an seinem vorteilhaften Äußeren lag. Doch sobald seine Wohnsituation ans Tageslicht kam, war Schluss. *Absolut nicht hinnehmbar* hieß es dann von Seiten der Verflossenen. Neben seiner Mutter hatte keine zweite Frau Platz in Hugos Leben, was ihn zumindest vor einer Ehe schützte, die er ohnehin einem Lebend-Begräbnis gleichsetzte.

Umso unverständlicher dann seine plötzliche Ankündigung, er wolle heiraten. Ich würde seine künftige Frau bald kennenlernen und ihn dann verstehen. Er nannte mir ihren Namen, den ich, weil ich ihm kein Wort glaubte, schnell wieder vergaß.

Einige Wochen später läutete es an meiner Wohnungstür. Ich öffnete und da stand er: Hugo und neben ihm eine unglaublich hinreißende Frau, die er mir als seine Verlobte vorstellte. Sie begrüßte mich mit strahlendweißen Zähnen und einem Blick, der mir durch und durch ging. Mein Hirn ratterte Dutzende von Frauennamen durch, in der Hoffnung, auf ihren zu stoßen, doch vergeblich. Ich wusste nur noch, dass es irgendetwas mit „e" war.

Wir öffneten seinen mitgebrachten Champagner und stießen auf die bevorstehende Trauung an. Irgendwann ließ er ihren Namen fallen - sie hieß Paula, war Anfang Vierzig und außerordentlich glücklich geschieden, wie sie betonte und dabei betörend lachte. Doch wie ich Hugo kannte, würde ihr dieses Lachen bald vergehen, weshalb ich sie auf keinen Fall ungebremst in ihr Unglück rennen lassen durfte. Also empfahl ich ihr, die verbleibenden Wochen noch zu genießen, bevor Hugos Mutter das Steuer übernehme, eine Bemerkung, die ihm sichtlich unangenehm war. Er erwiderte zu Paula gewandt, dass sie meine Drohung als Kompliment und Zeichen meiner rasenden Eifersucht verstehen dürfe, womit er ziemlich richtig lag. Außerdem, fuhr er fort, wäre ich in solchen Fragen befangen, schließlich sei ich aus meinen Ehen - im Gegensatz zu Paula - äußerst unglücklich hervorgegangen, was ihn noch immer in gute Laune versetze, da er mir seit Jahrzehnten nichts anderes prophezeit habe. Ich erwog, nun meinerseits Prophezeiungen abzugeben, da begann Paula von der gemeinsamen Wohnungssuche zu berichten, welche zwingend nötig sei, da sie nicht vorhabe, mit ihrer künftigen Schwiegermutter zusammenzuleben, was bei Hugo ein nervöses Augenzucken auslöste.

Das mit ihm konnte sie vergessen, dachte ich, er würde seine Mutter nie im Stich lassen und schon gar nicht für eine andere Frau. Im Grunde konnte er Paula gleich bei mir lassen, es würde ihr viel Ärger ersparen und zudem mein Alleinsein beenden. Sie schien das Ausmaß seines Mutterproblems zu unterschätzen, aber das würde noch kommen. Derweil gratulierte ich Hugo zu seiner ersten eigenen Wohnung und fragte, wie seine Mutter auf diese freudige Nachricht reagiert habe. Er warf mir einen vernichtenden Blick zu, der, wie zuvor schon sein Augenzucken, Paulas feinen Antennen nicht entging. Hugo erwiderte, seine Mutter sei natürlich einverstanden. Dies sei höchst verwunderlich, erleichtere aber vieles, gratulierte ich, doch so etwas wie Erleichterung war ihm in keiner Weise anzusehen. Vielmehr schien er den Besuch bei mir mittlerweile zu bereuen, zumal Paula nun nachhakte, ob seine Mutter in ihrem Alter überhaupt noch alleine leben könne oder ob sie nicht besser in ein ... da unterbrach er sie und mahnte zum Aufbruch, sie hätten schließlich noch einiges vor. Das schien zu stimmen, denn Paula widersprach nicht und kurz darauf verließen sie meine Wohnung.

Ich glaube, zu diesem Zeitpunkt war ich bereits verliebt in Paula und ich hätte die Sache nun einfach laufen lassen können, schließlich kannten Hugo und ich uns seit der Schulzeit und diese Freundschaft ist mir ein hohes Gut. Doch am nächsten Tag stand seine Mutter vor der Tür und bat freundlich um Einlass. Das wunderte mich, denn seit Jahrzehnten versuchte ich, Hugo aus ihren Krallen zu befreien, weshalb sie mir irgendwann Hausverbot erteilt hatte. Nun saß sie vor mir und ich machte ihr einen Kräutertee, den sie dankend annahm. Mit ihren zweiundachtzig Jahren wirkte sie noch immer hellwach, und was ihren Sohn betraf, entging ihr sowieso nichts. Mit meiner Frage, was sie zu mir führe, öffneten sich gleichsam Schleusen. Was habe sie nicht alles für Hugo getan, ihr Leben für ihn geopfert, seine Launen ertragen, ihn durchgefüttert, seine Wäsche gewaschen, ihm alle Freiheiten gelassen und das alles danke er ihr nun mit diesem Weibsstück, die womöglich nicht mal ordentliche Krautwickel hinbekomme, da frage sie sich schon, was ihr Sohn mittwochs und sonntags künftig essen solle, man könne solche Rituale nicht einfach aufgeben, das sei ungut für seinen Körper, auch wenn der dank ihrem Sauerkraut noch sehr gesund sei, vor allem seine Verdauung, auf die sie immer schon ein Auge gehabt habe. Und nun dieses Miststück, das vorne rum freundlich tue und ihn hinten rum in eine Zwangsehe treibe, in der es vorbei wäre mit der Freiheit, wie er sie ein Leben lang gehabt habe. Das werde sie nicht zulassen und bitte mich deshalb um Hilfe, die ich als Hugos ältester Freund nicht verweigern könne.

Ich war verblüfft über ihre Verwegenheit, ausgerechnet mich darum zu bitten. Mir fiel unser heftiger Streit an Hugos dreißigstem Geburtstag ein, wo ich ihr vorgeworfen hatte, ihn nie wirklich abgestillt zu haben, weswegen er im Freundeskreis als ein an der Mutter nuggelndes Riesenbaby belächelt werde. Ob sie wirklich wolle, dass er dauerhaft als Gespött ende, von wegen *Letzte Ausfahrt Mutter-brust*? Sie hatte mich damals verständnislos angeblickt und erwidert, dass ihr Sohn jederzeit ausziehen könne, wenn er es wünsche, doch er wünsche es nun mal nicht. Solle sie ihn wegen ein paar idiotischer Lästermäuler auf die Straße setzen? Ihrem Sohn fehle es an nichts, außer an wirklichen Freunden, denn solche wie mich könne er vergessen. So oder so ähnlich war es seit jeher gelaufen, genützt hatte es jedoch nichts, er blieb bei ihr wohnen. Immerhin schlief er schon mit Achtzehn nicht mehr in ihrem Bett, entsorgte mit Mitte Dreißig seine Kindermöbel, und bekam vor drei Jahren einen eigenen Fernseher. Trotzdem, den Schlüssel für sein Zimmer rückte sie noch immer nicht raus.

Auf meine Antwort wartend, saß sie vor mir und blickte mich nervös an. Es hatte sie gewiss Überwindung gekostet, mich aufzusuchen, doch die bevorstehende Kindesentführung ließ ihr keine Wahl.

Was sollte ich tun?

Wenn ich Hugos Heiratsabsicht unterstützte, würde das zwei Frauen ins Unglück stürzen und Hugo gleich mit. Wenn ich hingegen diplomatisch vorging und Paula auf mich überleitete, würde das zwei Frauen plus mich glücklich machen. Im Ergebnis hieß das: Drei Unglückliche gegen drei Glückliche.

Diplomatie hat schon viel Leid verhindert und gilt daher als im höchsten Maße erstrebenswert. Warum also sollte ich diesen aufrechten Weg unversucht lassen? Hugos Leben war nun mal in eine Art mütterlicher Gusseisenform gepresst und dort unumkehrbar ausgehärtet. Daran würde sich selbst Paula ihre strahlendweißen Zähne ausbeißen, so viel war sicher. Der Gedanke an sie erfüllte mich, so dass ich Hugos Mutter antwortete:

„Ich sage es ungern, aber diese Paula tut Ihrem Sohn nicht gut."

Man hörte Gesteinsmassen von ihrem Herzen fallen, während ihre Gesichtszüge sich entspannten. Sie hatte verstanden.

„Was sollen wir tun?", fragte sie.

An dieses verschwörerische „wir" aus ihrem Munde musste ich mich noch gewöhnen, zumal es mir widerstrebte, einfach so die Fronten zu wechseln, doch hier ging es um Höheres. Manchmal muss man Opfer bringen.

„Bitten Sie Paula um ein Gespräch unter Frauen und geben Sie ihr Tipps, wie man mit Hugo klarkommt. Gehen Sie einmal seinen gewohnten Tagesablauf durch und lassen Sie nichts aus."

„Und das soll was bringen?", fragte sie.

„Vertrauen Sie mir. Den Rest übernehme ich."

Sie sah mich dankbar an:

„Jetzt haben wir ein Projekt. Ich wusste, dass ich auf Sie zählen kann."

Der letzte Satz gefiel mir zwar nicht, doch für das Glück von Paula nahm ich es hin.

Sie erhob sich und tat plötzlich so, als würden wir abgehört.

„Ich war nie hier.", flüsterte sie mir zu.

„Und ich kenne Sie nicht.", flüsterte ich zurück.

Am Abend darauf rief ich Hugo an und beglückwünschte ihn nochmals zu seiner Verlobten. Ich bot ihm meine Hilfe bei Schwierigkeiten mit seiner Mutter an, hier habe er ja schon immer auf meine Unterstützung zählen können. Hugo reagierte unterkühlt und gab einsilbige Antworten, demnach hatte seine Mutter bereits mit Paula geredet. Ich sprach ihn so lange auf seine Bedrücktheit an, bis er sich öffnete.

Paula habe unerwartet um Bedenkzeit gebeten, obwohl seine Mutter ihren Widerstand gegen sie wohl aufgegeben und sie sogar zum Kaffee eingeladen habe. Ich fragte, ob ich mit Paula reden solle, was er mir strikt verbot und dann wortlos auflegte.

Sah so Dankbarkeit aus? Was hatte ich nicht alles für Hugo getan, ihn in der Schule abschreiben lassen, seine Teilnahme an der Abschlussfahrt durchgekämpft, ihm mein Bett für seine ersten Liebesabenteuer überlassen und nun traute er mir zu, ihn zu hintergehen. Doch eine Scheidung von Paula würde er nicht verkraften, das wusste ich, daher war es besser für alle, sie heiratete erst gar nicht ihn, sondern mich. Und wenn er sie gelegentlich sehen wollte, konnte er uns ja besuchen, unsere Wohnung stünde ihm immer offen.

Tags darauf stand plötzlich Paula vor meiner Tür, nachdem dem alarmierenden Gespräch mit Hugos Mutter brauche sie eine objektive Sicht der Lage. Die konnte sie haben. Und noch mehr. Zum Beispiel charmante Komplimente und schließlich einen angedeuteten Kuss, bevor sie ging. Sozusagen die erste Weichenstellung, um Hugo vor einem Schicksalsschlag zu bewahren.

Die nächsten zwei Wochen herrschte Funkstille, weder von Hugo noch von seiner Mutter war etwas zu hören. Die Zeit nutzte ich, um fast täglich Paula zu treffen, die mich detailliert über Hugos Mutter ausfragte. Ich brauchte dabei nur strikt bei der Wahrheit zu bleiben, kein Wort war gelogen. Wir verabschiedeten uns mit zunehmend längeren Küssen, die schließlich in ihrer Wohnung endeten, wo bereits fertig gepackte Umzugskartons standen. Bis zu ihrer Entscheidung zu meinen Gunsten konnte es sich nur noch um Tage handeln, und so begann ich, in meiner Wohnung Platz für sie zu schaffen. Nichts würde unserem Glück im Weg stehen, weder meine Mutter, die schon lange tot war, noch mein Vater, der dies noch länger war, noch meine geliebte Modelleisenbahn, die als Einzige meine drei Scheidungen unversehrt überstanden hatte, dabei allerdings regelmäßig als maßgeblicher Zerrüttungsgrund angeführt wurde. Mittlerweile stand sie in einem angemieteten Lagerraum, wo ich für gewöhnlich meine Wochenenden verbrachte und in Schaffneruniform für reibungslosen Zugverkehr auf fünf integrierten Gleissystemen sorgte. Von meinem Hobby würde Paula, wenn überhaupt, erst später erfahren, nichts sollte dieses Mal mein Glück zerrütten.

Und dann war Paula von einem Tag auf den anderen wie vom Erdboden verschluckt. Ihre Wohnung stand über Nacht leer, ihre Handynummer existierte nicht mehr. Ich begann mich ernsthaft um sie zu sorgen, als Hugos Mutter triumphierend vor meiner Tür stand und verkündete:

„Es ist vollbracht."

Sie wirkte um Jahre verjüngt, als sie den Siegeszug gegen Paula beschrieb, an dessen Ende sie ihren Sohn wieder in Beschlag nehmen konnte. Zwar lag Hugo seither fiebrig im Bett, doch sie pflegte ihn mit Kraut- und Wadenwickeln und las ihm regelmäßig aus seinen Winnetou-Büchern vor. Bald sei er wieder ihr gesunder Junge von einst. Sie hatte eine Detektei beauftragt, um Paula zu beschatten. So habe sie detailliert verfolgen können, wie ich meinen Teil des Projektes umsetzte und sei anfangs begeistert gewesen, was ich alles auf mich genommen hätte, um Paula aus Hugos Leben zu entfernen. Doch diese Begeisterung sei rasch verflogen, bis sie habe eingreifen müssen. Als Mutter könne sie schließlich nicht tatenlos zusehen, wie Hugos bester Freund ebenfalls dieser Frau verfalle. Also musste auch mir geholfen werden. Die Detektei benötigte nur ein Wochenende dafür. Das Bildmaterial über mein zweites Leben als Schaffner und Lokführer habe bereits

Montagmorgen in Paulas Briefkasten gelegen. Der ermittelnde Detektiv habe noch nie jemanden so schnell ausziehen sehen.

Ich fiel in eine Art Trauerstarre, aus der ich mich nur langsam wieder lösen konnte. Hier half meine Modelleisenbahn und als weitere Ablenkung beschloss ich, sie um eine dem Odenwald ähnliche Landschaft zu erweitern, mit ausgeklügelter Trassenführung und einem brandneu bei Märklin angebotenen Panoramazug. Hugo erklärte sich bereit, mir zu helfen, auch er brauchte Zerstreuung. Seine Mutter bot an, uns während der Bauzeit zu bekochen. Es war viel Arbeit, doch das Ergebnis konnte sich sehen lassen.

Irgendwann schlug sie uns dann vor, meine gesamte Anlage im leerstehenden Hobbykeller ihres Hauses aufzubauen, so könnten Hugo und ich noch mehr Zeit miteinander verbringen, denn diese Jungensfreundschaft täte uns beiden gut. Ich nahm das Angebot ebenso an wie kurz darauf jenes, bei ihnen einzuziehen. Die eingesparte Miete konnte ich gut zur Modernisierung meines Weichensystems gebrauchen.

Es ging uns richtig gut zu dritt. Hugo hatte weiter seine kurzen Affären und ich eine außergewöhnliche Odenwaldbahn, die mich mindestens wieder eine weitere Ehe gekostet hätte. So blieb ich im Reinen mit mir.

Neulich sah ich Hugo mit einer Frau in einem Cafe sitzen, die ich erst auf den zweiten Blick erkannte - es war Paula, sie hatte eine neue Haarfarbe. Ich beobachtete die beiden, sie trafen sich beinahe täglich und irgendwann verschwanden sie gemeinsam in einem Hotel.

Natürlich habe ich sofort unsere Mutter davon unterrichtet. Wir sind uns einig:

Wir haben ein neues Projekt.

Sauhausen

Von der Gemeinde Sauhausen an der Ranz hatte ich noch nie gehört und so hätte es besser auch bleiben sollen. Doch Lili, meine Freundin, erfuhr von einem Wettbewerb, bei dem es um ein Kunstwerk für eine Verkehrsinsel ging. So sah ich mir die Sauhausener Webseite an. Der Dorfname war Programm, das Thema Schweinemast überragte alles, nebenbei wurde noch die am Dorf vorbeifließende Ranz samt deren Fischreichtum erwähnt.

Sauhausen galt als wohlhabend und so gönnte man sich eine neue Sporthalle samt Schützenheim. Davor lag jener Kreisverkehr, auf dem nun ein Kunstwerk fehlte, das den sportlichen Aspekt des Areals symbolisieren sollte.

Der Wettbewerb reizte mich nicht sonderlich, doch Lili überredete mich mit ihrem überschäumenden Temperament zur Teilnahme. Lili glaubt nämlich allumfassend an mich und meine Kunst, obwohl sie sonst eigentlich sehr vernünftig ist.

So plante ich eine Holzskulptur und fand auch bald einen passenden Baum, der sich aber als höchst widerspenstig herausstellte. Ich bekam das Astwerk einfach nicht in den Griff, brach die Arbeit ab und hievte den missglückten Versuch schließlich auf die Wiese hinter meinem Atelier, wo ihn irgendwann ein benachbarter Bauer mit seinem Pflug streifte, was hässliche Abschürfungen hinterließ. Dieser Baum taugte allenfalls noch als Weltuntergangsmahnmal. Also besorgte ich einen zweiten, der mir dann nahezu perfekt gelang. Lili war von beiden begeistert und erledigte für mich wie so oft den Wettbewerbsantrag mitsamt den Fotos. Sie ist eine tolle Frau mit vielen guten Eigenschaften, durchaus liebenswert auch ihre gelegentlichen Aussetzer, welche dieses Mal dazu führten, dass sie die falsche Skulptur einreichte. Es sagt nicht wenig über Sauhausen aus, dass ich dennoch als Wettbewerbssieger hervorging. In der Jury saßen der Bürgermeister, der Vorsitzende des Sportvereins und der Sauhausener Schützenkönig, alle drei hauptberuflich Schweinezüchter und in ästhetischen Fragen zu abenteuerlichen Entscheidungen fähig.

Ich selbst bemerkte den Irrtum erst, als die Bauhofmitarbeiter anrückten und den missglückten Baum auf ihren Tieflader wuchteten. Ich wollte den Irrtum klären, doch sie hatten Fotos dabei, die sie mir wortlos vor die Nase hielten.

Wütend rief ich Lili an. Sie lachte laut, als sie von ihrer Verwechslung erfuhr und wunderte sich über mein Problem, schließlich hätte ich doch gewonnen. Ich gab auf. Das Teil wurde abtransportiert und noch am gleichen Tag mitten auf der Verkehrsinsel aufgestellt. Allein die Vorstellung graute mir derart, dass ich am nächsten Morgen vor Tagesanbruch nach Sauhausen fuhr, um das Dilemma anzusehen. Dieses Desaster durfte nie in meinem Werkverzeichnis auftauchen.

Am Tag der offiziellen Einweihung standen rund hundert Leute auf dem Kreisverkehr, in dessen Zentrum sich meine mit einem schwarzen Tuch verhüllte Katastrophe erhob. Deren Anblick musste sich bereits herumgesprochen haben, jedenfalls konnte ich die unverhohlene Abneigung, die man mir entgegenbrachte, niemandem übelnehmen.

Normalerweise wurde man als Wettbewerbsgewinner höflich empfangen und ordentlich verpflegt. Die örtliche Presse machte ein paar Fotos, alle lachten, lobten ihren Kunstverstand und abends war der Spuk vorbei sowie das Preisgeld auf dem Konto.

Doch heute war alles anders. Lili fand unseren Empfang zwar nicht nett, war aber sogleich damit beschäftigt, einen geknickt wirkenden Mann, der sich ihr ungefragt als unterlegener Wettbewerbsteilnehmer vorstellte, zu trösten. Er solle sich nichts denken, hörte ich Lilis Stimme, ich würde immer gewinnen, es sei aussichtslos, gegen mich anzutreten. Der Mann tat mir leid. Lilis Talent, immer die falschen Worte zu finden, ist unermesslich.

Nun begann die Dorfkapelle, der Blasmusik einen neuen Tiefpunkt in ihrer an Tiefpunkten reichen Geschichte zu schenken. Die Dorfbewohner schienen dieses Elend gewohnt zu sein, jedenfalls wurde nach dem Marsch höflich geklatscht, dessen Ende sich allerdings hinzog, bis auch der letzte in der Kapelle seine Noten hinter sich gebracht hatte.

Unterdessen trat der Bürgermeister ans Mikrophon. Zu meiner Überraschung wurde er noch ablehnender empfangen als ich. Die Anfeindungen mündeten in ein Pfeifkonzert, bei dem mein unterlegener Rivale in Lilis Armen zu heulen begann. Der Tumult kam von den Ranzfischerfreunden, die dagegen protestierten, kein neues Fischerheim bekommen zu haben, wo es entlang der Ranz doch genügend unbebaute Fläche gab.

Da platzte dem Bürgermeister der Kragen:

„Ranzfischer, ihr habt vor zehn Jahren eine Fischerhütte bekommen, jetzt sind nun mal die anderen dran!"

„Die Hütte ist total verrottet und es regnet durchs Dach!", rief einer der Fischer.

„Dann hättet ihr was daran machen müssen, statt euch dort immer nur volllaufen zu lassen! Ich ..."

Die Antwort des Bürgermeisters ging im erneuten Pfeifkonzert unter. Nun mühte sich ein alter Mann auf das Redepodest und krächzte ins Mikrofon:

„Ruhe! Wir erledigen jetzt erstmal den Pressemist, dann sollen die wieder abziehen und wir klären den Rest unter uns."

Die Worte des Neunzigjährigen schienen Gewicht zu haben, denn es war schlagartig still geworden, selbst die Zeitungsleute wirkten, als wären sie die schlechte Behandlung in Sauhausen gewohnt.

Lili flüsterte mir ins Ohr: „Dagegen ist man zu dir ja richtig nett."

Nun verlas der Bürgermeister seine Rede mit allem, was man so sagt, wenn etwas eingeweiht wird. Irgendwann fiel mein Name und ich wurde aufs Podest gerufen. Keiner klatschte. Der Bürgermeister übergab mir das Mikrophon, fiel mir aber sogleich wieder ins Wort und bedankte sich für meine Kürze, die konsequent sei, denn mein Werk spreche für sich. Damit enthüllte er die Skulptur und ein entsetztes Raunen ging durch die Menge. Ich konnte das gut verstehen. Währenddessen wurden die Pressefotos geschossen und im Anschluss forderte man die Zeitungsleute unmissverständlich zum Verschwinden auf. Die zeigten sich wenig einsichtig, bis sie von den Feuerwehrleuten unschön vom Platz gedrängt wurden.

Kaum waren sie weg, schickte mich der Bürgermeister vom Podest und rief mir nach, dass auch ich wohl noch andere Termine hätte. Ich verneinte und blieb neben Lili stehen. Aus den Augenwinkeln sah ich bereits die Feuerwehr anrücken, doch der Bürgermeister pfiff sie zurück und wir durften bleiben. So allmählich gefiel das Ganze nicht nur Lili, sondern auch mir. Immerhin hatte mir die Gemeinde eine beträchtliche Summe für eine verhunzte Skulptur bezahlt. Da wäre ich als Sauhausener auch sauer auf mich.

Nun sah ich, wie die Ranzfischer sich mit den Sportlern und Schützen zusammentaten, um gegen den Bürgermeister vorzugehen. Mir war nicht klar, um was es dieses Mal ging, die Zwischenrufe erfolgten in einem mir unverständlichen Dialekt.

Der Bürgermeister hingegen verstand sofort und schrie in das Mikrofon:

„Hört mir bloß auf mit dieser Drecksskulptur, die ihr euch selbst eingebrockt habt. Oder wollt ihr mich für blöd verkaufen? Wer von euch hat denn darauf bestanden, den Wettbewerb anonym auszutragen, so dass wir als Jury nicht wissen konnten, welches Werk von wem kam? *Ihr* Idioten wolltet das so, weil ihr die Hosen voll hattet, dass man den Zuschlag für unseren Toni als abgekartetes Spiel ansehen könnte. Euer ewiges Gelaber von wegen Transparenz. Und jetzt? Toni ist unser Dorfkünstler und hätte das Preisgeld dringend gebraucht. Oder gibt es einen von euch, bei dem er keine Schulden hat? Nun sackt dieser Auswärtige unser Geld ein, weil wir sicher waren, dass das hässlichste Werk nur von Toni sein konnte! Er baut sonst ja nur Hundehütten. Aber zu spät, jetzt könnt ihr euch eure Transparenz sonst wohin stecken."

Lili informierte mich, dass Toni jener Mann sei, den sie vorhin getröstet habe. Ich erwiderte, dass die Anzahl der Gründe, warum man mich hier nicht mochte, alarmierend ansteige. Sie gab mir einen Kuss, während die Stimme des Bürgermeisters sich fast überschlug:

„Jetzt haben wir diese potthässliche Verkehrsinsel an der Backe. Ich werde unser Bauamt beauftragen, die Straßenführung zum Sportareal neu zu planen, dann können wir diesen Dreck hier abreißen und frisch drüber betonieren."

Nun wandte er sich an mich:

„Sagen Sie mal, wie kann man so einen Mist wie den Ihren als Kunstwerk anbieten?"

Ich zögerte noch mit der Antwort, da rief Lili aus der Menge heraus:

„Weil dieser Schweinemist perfekt zu Sauhausen passt."

Lilis Talent, immer die richtigen Worte zu finden, ist unermesslich.

Zuerst lachte nur Toni, vermutlich bereits verliebt in Lili, und steckte damit die Ranzfischer an, zu denen er gehörte. Bald folgten auch die Sportler, die Schützen und als Letzter der Bürgermeister, der vermutlich erleichtert war, den Tag überlebt zu haben.

Gemeinsam zogen wir zur neuen Sporthalle, wo bis in die Nacht hinein gefeiert, getrunken und getanzt wurde, dazu gab es Unmengen Sauhausener Schweinehaxen. Lili war der Star des Abends und wurde ständig zum Tanzen aufgefordert. Mir kam das gelegen, ich saß in einer Ecke und betrank mich als Einziger mit Wein statt mit Bier. Gegen Mitternacht kam plötzlich die Durchsage, man solle sich zur Verkehrsinsel begeben.

Alle schwankten zu dem taghell erleuchteten Kreisverkehr und starrten auf mein im gleißenden Licht stehendes Ungetüm. Da heulte ein Motorengeräusch auf, und in einiger Entfernung bog ein riesiger Caterpillar-Schaufelbagger um die Ecke und raste die Straße, die zum Kreisverkehr führte, entlang.

„Da sitzt der Toni drin!", brüllte einer.

Der Caterpillar kam näher.

„Er ist verrückt geworden!", schrie der Bürgermeister.

Doch da erreichte das Gefährt mit ausgefahrener Schaufel bereits die Verkehrsinsel und brachte meinen Baum mit einem lauten Krachen zu Fall. Der Caterpillar stoppte, Toni stieg aus und in dem Moment stürmte Lili auf ihn zu und gab ihm einen Kuss. Toni strahlte über das ganze Gesicht. So sehen Gewinner aus.

Als wir bei Tagesanbruch nach Hause fuhren, winkte Toni uns noch lange hinterher.

Lili kann jeden Menschen glücklich machen, besonders aber mich.

Schreibkurs bei Dallmann

Mein Hausarzt riet mir schon seit Längerem, etwas zur Besänftigung meiner überreizten Nerven zu tun, dazu diese chronischen Herz-Rhythmus-Störungen und das alles mit meinen zweiundvierzig Jahren. Ich solle mich entspannen, kontemplatives Versinken oder planloses Tun könne helfen, die Belastungen meines an sich schon kranken Berufs auszugleichen. Irgendeine Neigung oder Begabung müsse ich doch haben.

Erfolglos belegte ich verschiedene Volkshochschulangebote. Die Hoffnungsschimmer im *Floralen Gestalten* oder beim *Yoga für Nervöse* erloschen mit dem Aufbaukurs, wo man mir gleich zu Beginn den Abbruch nahelegte, um das allgemeine Kursniveau nicht zu gefährden. Jemand riet mir daraufhin, es mit Kurzgeschichten zu versuchen, zumindest Schreiben müsse ich doch können, anders lasse sich mein Abitur und meine Stellung als Finanzinspektor bei der Steuerfahndung nicht erklären.

Also dann das Schreiben.

Meine Frau sagte nichts dazu. Wie immer in den letzten fünf Jahren, seit sie bei mir ausgezogen ist, den Kontakt abgebrochen hat und mir nichts als Einschlafprobleme hinterließ.

Ich beschloss, bei einem ernsthaften Schriftsteller anzuheuern. Im Netz fand ich einige solcher Schreibkurse, die alle in südlichen Gefilden stattfanden und horrende Summen kosteten, obwohl es sich keineswegs um Berühmtheiten handelte. Am Vielversprechendsten schien mir der Romanautor Dallmann zu sein, dessen Angebot „*Autobiografisches Schreiben für Einsteiger*" mich ansprach, zumal er solche Seminare schon seit über zehn Jahren gab.

So meldete ich mich an.

Obwohl der Kurs erst in drei Monaten stattfinden würde, lag zwei Tage später eine Rechnung über zweieinhalbtausend Euro im Briefkasten, dazu die Aufforderung, meine Erwartungen an den Kurs ausführlich zu erläutern. Er bat um rasche Erledigung, auch was die Überweisung betraf. Diese Dringlichkeit gefiel mir nicht und so lautete meine Antwort nur: *Ich will Schreiben lernen*. Das würde ihn ärgern, doch zeitgleich ging ja das Honorar bei ihm ein. Meine Wortknappheit gegen seine Geldknappheit, das musste er hinnehmen. Stutzig machte mich die Bankverbindung, welche zu einer „*Fondazione Letteratura Umbria*" gehörte, die ihren Sitz in Vaduz hatte. So forschte ich am nächsten Tag im Büro nach Dallmanns Steuererklärungen der letzten Jahre. Was ich am Bildschirm zu sehen bekam, nämlich keinerlei Einkünfte aus seinen Kursen, hätte für einen meldepflichtigen Anfangsverdacht locker ausgereicht, doch ich unternahm nichts. Nach Dienstschluss kaufte ich mir einen seiner Romane, dessen ereignislose Handlung mich erstmals seit Jahren ohne Probleme einschlafen ließ. So besorgte ich mir auch seine anderen Bücher, Dallmann und sein ermüdender Stil war eindeutig der richtige Mann für meine Gesundung.

Der Kurs fand auf einem Anwesen in Umbrien statt, wo im Laufe des Tages alle Teilnehmer eintrafen. An der Unterbringung in den kleinen, aber ansprechend eingerichteten Einzelzimmern gab es nichts zu bemängeln, ebenso wenig an der Küche des Hauses, die man jedoch kostenpflichtig dazu buchen musste. Dieses Detail war in der Beschreibung unerwähnt geblieben, man schien darauf zu vertrauen, dass niemand die Kursatmosphäre gleich zu Beginn mit einer kleinkarierten Beschwerde vergiften wollte, zumal die geparkten Autos auf keinerlei prekäre Lebensumstände hinwiesen.

Der Schriftsteller, ein überheblich wirkender, etwas dicklicher Endfünfziger, war mir sofort unsympathisch. Ich hatte fest damit gerechnet, dass Dallmann uns zu Beginn ein Thema vorgeben würde, doch das tat er nicht. Wir sollten unverfälscht mit einer autobiografischen Skizze beginnen. Jeder außer mir fing unverzüglich an zu schreiben, ich hingegen stocherte in meinem Leben herum, ohne auf ein erzählenswertes Detail zu stoßen. Meine Studienzeit in der Steuerverwaltung sowie die Monate an der Bundesfinanzakademie in Brühl, wo ich meine Frau kennengelernt hatte, waren ohne besondere Vorkommnisse verlaufen. Über meine Ehe zu schreiben, und dies auch noch *unverfälscht*, verbot sich, denn den unterlassenen Mord an meiner Frau zu bedauern, würde mir wenig Sympathien einbringen. So entschloss ich mich, die in meiner Kindheit erlittenen Campingurlaube am Waginger

See zu thematisieren, indem ich jenen als das wärmste Badegewässer Bayerns rühmte. Die öden Wochen auf dem Zeltplatz gaben sonst nicht viel her, abgesehen von den Diavorträgen über die alpinen Gipfelbesteigungen von Sepp, dem Zeltplatzbesitzer.

Nach dem Vorlesen meiner zwei Sätze - die anderen trugen seitenweise Text vor - legte mir der Schriftsteller nahe, ein Ereignis herauszuheben, um einen Spannungsbogen zu kreieren. Ich erwiderte, dass der Waginger See bis heute Inbegriff der Ereignislosigkeit sei, abgesehen vom nahen Geburtsort Ratzingers, des späteren Papstes, für den sich Anfang der Achtziger Jahre aber noch niemand interessiert habe. Daher stelle sich mir die Frage, was er denn Spannendes von mir erwarte. Er entgegnete, für meine Themenwahl nichts zu können, weshalb er mir zu einer Überhöhung der Realität rate, Schreiben sei immer auch ein Erfinden, insofern hätte ich freie Wahl, zumal in der Perspektive des allwissenden Erzählers.

Ich schwieg. Dieser Typ hatte leicht reden. Hätte er - wie ich - fünfzehn vergeudete Sommer lang an diesem beschissenen See Urlaub machen müssen, wäre er heute vermutlich ein Kollege in der Finanzbehörde. Aus *meinem* Leben Literatur zu machen, war aussichtslos, doch eine Grundsatzdiskussion darüber würde nur den Unmut der anderen Teilnehmer wecken. Ich war einmal mehr mit einem ungeeigneten Kurs in eine Sackgasse geraten, das machte mich nervös, mit den üblichen Folgen auf meinen Herzrhythmus, zu dessen Beruhigung ich doch hier war.

Daher musste ich die Waginger Ödnis zu überwinden versuchen, was mir den ganzen Abend Kopfzerbrechen bereitete. An Schlaf war nicht zu denken, nicht mal die Lektüre von Dallmanns Frühwerk half. So unternahm ich einen Rundgang durch den Park, wo ich am Nebengebäude, in dem der Schriftsteller residierte, vorbei kam. Dort brannte Licht und die Fenster standen offen. Er schien zu telefonieren, daher schlich ich mich unter das Fenster, um besser hören zu können. Er beklagte sich soeben über den Kurs und lästerte über einen einfallslosen Trottel, der unfähig sei, seiner verpfuschten Kindheit irgendetwas Interessantes abzutrotzen. Doch auch an den Anderen ließ er nichts Gutes und meinte, die einen wollten hier nur Urlaub machen, die anderen seien aber genauso unbegabt. Er habe diese Kurse so satt.

In dieser Nacht fiel mir dann noch der katastrophale Sommerurlaub 1980 ein, bei dem ein wochenlanger Dauerregen die Verschlammung des Campinggeländes nach sich zog und die Zelte fortzuschwemmen drohte. Auch die Wohnwagen versanken bis zu den Achsen im Morast und gerieten dadurch in bedrohliche Schieflagen. Sepp, der Zeltplatzbesitzer, versuchte sie mit Hilfe eines Traktors wiederaufzurichten, aber selbst jene notdürftig unter die Wohnwagenreifen geschobenen Bretter boten kein stabiles Fundament. Viele brachen ihren Urlaub ab, wir hingegen blieben, weil Sepp klargestellt hatte, dass Zeltplatzgebühren nicht zurückerstattet würden und meine

Eltern wie immer im Voraus bezahlt hatten. Diese Erinnerungen ergaben am nächsten Vormittag zwei eng beschriebene Seiten, die absolut unverfälscht endeten, indem ich darauf hinwies, wie sehr mich diese Umstände als Kind bedrückt hatten.

Dallmann legte dar, dass der Text nun zwar länger, aber keineswegs spannender geworden sei, da ich unverändert im Belanglosen verharre. Es sei noch immer nichts passiert, was die Aufmerksamkeit des Lesers auf sich ziehe. Ich wollte ihn eben auf seine eigenen Romane ansprechen, als mir plötzlich eine Idee kam. Was Dallmann von mir forderte, glich dem, was ich bei der Arbeit tat. Dort recherchierte ich auf Grund von Auffälligkeiten gezielt auf Steuerstraftatbestände hin und eben dies würde ich nun auf dem Zeltplatz inszenieren.

In jenem Sommer 1980 stand nämlich eines verregneten Morgens neben dem Wohnhaus des Zeltplatzbesitzers plötzlich ein nagelneuer AUDI QUATTRO, den Sepp als stolzer Besitzer präsentierte. Dies sorgte bei den von modrigen Zelten und halb versunkenen Wohnwagen abgekämpften Urlaubern für Spekulationen, da man sich eine legale Finanzierung aus Zeltplatzeinnahmen nicht vorstellen konnte. Inmitten dieses Durcheinanders konstruierte ich nun einen handfesten Schwarzgeldverdacht gegen Sepp, die Fachbegriffe und Geldwäschedetails flossen nur so aus mir heraus. Eindeutig, ich hatte einen Spannungsbogen gefunden. Voller Zuversicht las ich es schließlich vor, doch Dallmann kritisierte nun, dass ich die kindliche Perspektive völlig aus den Augen verloren hätte, was mir von den anderen Teilnehmern bestätigt wurde: Kein gesundes Kind denke in solchen Kategorien.

Am Abend versuchte ich, die Geschichte in eine kindgerechte Perspektive zu bringen, was mir aber nicht gelang. So hatte ich zweieinhalbtausend Euro dafür bezahlt, eine weitere Begabung zu begraben, von dem beträchtlichen Aufpreis für die Vollpension ganz zu schweigen. Aus Frustration darüber präsentierte ich meinen Text am nächsten Tag ohne jede Änderung, was anscheinend noch nie zuvor jemand gewagt hatte. Mit steinerner Miene fragte Dallmann, was ich hier wolle und ob ich es schon mal mit Mal- oder Kochkursen versucht hätte, woraufhin ich erwiderte, dass seine Funktion die des hochbezahlten Lehrers sei, Henkerkommentare hingegen könne er sich sparen. Es herrschte Totenstille in der Runde. Keiner hätte meine sofortige Abreise bedauert, doch das kam für mich nicht in Frage.

Der Schriftsteller blickte mich grimmig an. Bei mir müsse ein thematischer Neustart her, Kindheitsszenen seien nicht mein Metier, weshalb er mir nahelegte, die Erwachsenenperspektive einzunehmen und meinen Beruf heranzuziehen, dies habe schon etlichen Kursteilnehmern geholfen. Alle nickten mir aufmunternd zu.

Am nächsten Vormittag versuchte ich, in lockerem Ton von meiner Steuerfahndungstätigkeit zu berichten und arbeitete dabei den Tatbestand mit ein, dass Dallmann seine Kurseinnahmen nicht versteuerte. An den Waginger AUDI QUATTRO anknüpfend, versetzte ich die Geschichte mittels eines AUDI Q8 ins Jahr 2018, und berichtete von den finanziellen Ungereimtheiten eines Zeltplatzbesitzers, der nebenher unversteuert Bergführerkurse hielt. Wie in einem Puzzle fügte ich die Details Stück für Stück zusammen und hielt mich dabei eng an Dallmanns Steuererklärungen, von denen ich aus der Perspektive des allwissenden Erzählers berichtete, was dem Text einen starken Spannungsbogen verlieh. Prompt applaudierte die Runde nach dem Vorlesen und fand, ich hätte nun mein Thema gefunden und das in einem humorvollen Stil.

Dallmann, der während meines Vortrags an Gesichtsfarbe verloren hatte, fand meinen Text nicht witzig, würdigte aber eine gewisse Steigerung meines Ausdrucks. Sein sonst übliches *„weiter so"* unterließ er aus nachvollziehbaren Gründen. Ich hatte seine Kurse - im Netz waren sie vollständig zu finden - im Büro aufgelistet und die daraus resultierende Steuerschuld grob geschätzt. Vor allem in Anbetracht seiner eingebrochenen Buchverkäufe würde ihm diese Nachzahlung das Genick brechen, aber nur, wenn ich ihn verriet. Seinem Gesichtsausdruck nach schien er dies begriffen zu haben.

Beim Abendessen war ihm nichts mehr anzumerken, er zeigte sich nonchalant wie immer. Ich hingegen ahnte, dass sich ein weiterer Aufenthalt unter seinem Fenster lohnen würde. Beim Gutsverwalter hatte ich um einen Klappstuhl gebeten, auf dem ich nun saß, da es über eine Stunde dauerte, bis endlich das Telefon des Schriftstellers läutete. Er sprach mit noch leiserer Stimme als sonst, trotzdem war mir bald klar, dass es sich um seinen Steuerberater handeln musste, den er, dabei lauter werdend, zuerst beschimpfte und dann von dem Vorfall berichtete. Die seiner literarischen Stellung nicht angemessenen Ausdrücke galten zweifelsohne mir. Er beklagte, dieses ganze Liechtensteiner Stiftungskonstrukt von Beginn an abgelehnt zu haben und das zu Recht, wie man nun sehe, wenn selbst so ein Idiot wie ich es so schnell durchschaue. Nun wurde er unterbrochen und hörte lange schweigend zu. Der Steuerberater schien einen Plan B in petto zu haben, den er ausführlich erläuterte, jedenfalls endete das Telefonat weniger aufgeregt und mit einem zuversichtlichen Unterton.

Am nächsten Vormittag setzte ich mein Werk fort, indem ich die Bemühungen des Zeltplatzbesitzers, der Steuerfahndung zu entkommen, beschrieb. Beim späteren Vorlesen bemerkte ich an der erneut fahlen Gesichtsfarbe des Schriftstellers, dass ich dem Plan B seines Steuerberaters bedenklich nahegekommen war, nach fünfzehn Jahren Berufserfahrung ein Kinderspiel für mich. Meinen lockeren Ton hatte ich beibehalten, wofür mich die anderen Teilnehmer ausdrücklich lobten. Überhaupt schienen sie mich inzwischen als vollwertiges Mitglied ihrer Runde akzeptiert zu haben.

Ich selbst war erleichtert, nun eine Begabung in mir gefunden zu haben, ja mehr als das, ich hatte eine Beschäftigung, die sich weiter ausbauen ließ. Wenn ich meinen Fahndungsschwerpunkt im Büro auf freischaffende Künstler und Kursleiter verlagerte, würde ich mit Sicherheit auf weitere Steuerhinterzieher stoßen, deren Leichen im Keller ich in ihren Kursen kreativ bearbeiten konnte. Allein die *Fondazione Letteratura Umbria* würde mir etliche Spannungsbögen schenken, die ich in Geschichten verwandeln konnte. Streng genommen widersprach meine neue Leidenschaft zwar den Empfehlungen meines Hausarztes, aber er musste die näheren Umstände ja nicht erfahren. Ich fühlte mich jedenfalls so entspannt wie schon lange nicht mehr.

Am nächsten Vormittag geschah dann etwas Unerwartetes. Eine Teilnehmerin, die mir bisher nur wegen ihrer roten Haarpracht aufgefallen war, zog mich noch vor Beginn des Kurses zur Seite und fragte, was eigentlich los sei. Es sei ihr weder entgangen, dass Dallmann und ich einen Konflikt miteinander hätten, noch dass es sich dabei - was bei meinem Beruf auf der Hand liege - um irgendeine

Steuersache handeln müsse. Sie frage sich allerdings, warum die Steuerfahndung zu solch dubiosen Vor-Ort-Methoden greifen müsse. Wenn Steuergelder derart verprasst würden, sei das ungeheuerlich, denn offenbar mache ich hier Urlaub auf Kosten der Allgemeinheit. Dies sei ein Skandal, für den sich ihr Mann, Redakteur einer süddeutschen Tageszeitung, bereits brennend interessiere, seit sie ihm gestern davon berichtet habe. Ich beteuerte, dass ich diesen Kurs selbst bezahlt hätte und rein privat hier sei. Sie sah mich abschätzig an und erwiderte, ihr Mann habe bereits Kontakt zu meinem Vorgesetzten aufgenommen und ihre in der letzten Nacht geschossenen Fotos, die mich unter dem Fenster des Schriftstellers sitzend zeigen, seien dank der fotografischen Qualität ihres Smartphones hervorragend geworden. Weniger hervorragend würde es dagegen für mich ausschauen, endete sie mit einem Lächeln, das mich sehr an meine Frau erinnerte.

Meine Herzrhythmusstörungen meldeten sich umgehend zurück. Ich hastete in mein Zimmer und nahm zwei von den Tabletten, die abzusetzen ich bereits erwogen hatte.

Sicher hatte mir der Schriftsteller die Rothaarige auf den Hals gehetzt. Was sollte ich tun? Meinen Vorgesetzten anrufen, ob sich ein Journalist bei ihm gemeldet hatte? Würde er mir ehrlich antworten? Er konnte mich nicht ausstehen und hatte schon mehrmals versucht, mich in

eine andere Abteilung versetzen zu lassen, was nachvoll-
ziehbar war, wohnte doch meine Frau seit fünf Jahren bei
ihm. Doch der erhobene Vorwurf warf tatsächlich Fragen
bezüglich meiner Anwesenheit auf. Dass ich obendrein
Geld auf ein dubioses Konto in Liechtenstein überwiesen
hatte, machte nichts einfacher. Mein Herz raste, ich nahm
eine weitere Tablette, da ertönte die Stimme des Schriftstellers, der nach mir rief, da er mit dem Kurs fortfahren
wollte. Kalter Schweiß trat auf meine Stirn. Ich antwortete, dass ich sofort käme und packte überhastet meinen
Koffer, in den ich alles achtlos hineinstopfte. Dann
schlich ich mich durch den Hinterausgang zu meinem
Auto und verließ das Anwesen in Richtung Norden.

Erst bei Verona fuhr ich von der Autobahn ab und hielt
vor einem Schnellrestaurant, wo ich mir eine Flasche Wasser bestellte, während tausend Bilder durch meinen Kopf
jagten. Ich sah einen gut gelaunten Schriftsteller, der dem
Kurs freigiebig Champagner ausschenkte, sein Bedauern
über meine Abreise heuchelte und die Rothaarige als Zeichen des Dankes bis zum Kursende in seinem Bett übernachten ließ. Ich fühlte mich elend und saß reglos da, bis
man mir zu erkennen gab, dass ich nicht ewig den Tisch
belegen könne. Ich ging zurück zum Auto, nahm mein
Handy und vereinbarte einen Termin bei meinem Hausarzt. Möglicherweise war das mit dem Schreiben doch
nichts für mich. Zum Glück erschien im Herbst das neue
Volkshochschulprogramm.

Von der Rothaarigen habe ich nie wieder etwas gehört.

Rooney muss weg

Ich hatte an diesem Tag eine neue Arbeitsstelle angetreten und fuhr abends mit dem Fahrrad nach Hause, als aus einem Seitenweg plötzlich ein riesiger Köter auf mich zustürmte. Ich meinte noch eine Hundeleine zu erkennen, dennoch wich ich scharf aus und brüllte „Drecksköter", eine Bezeichnung, die meinen Standpunkt zu Hunden umfassend wiedergibt, der Situation aber wenig zuträglich war, denn nun legte das Vieh noch einen Zahn zu. Knapp vor meinem Fahrrad straffte sich plötzlich die Leine und stoppte ihn mit einem hässlichen Würgelaut.

„Du Drecksköter!", entfuhr es mir ein weiteres Mal.

Aus dem Seitenweg stürmte eine Frau, die an der Leine zerrte und mich anschrie:

„Sie entschuldigen sich auf der Stelle bei meinem Hund."

Die Frau trug eine Baseballmütze, unter der eine riesige Sonnenbrille ihr halbes Gesicht verdeckte. Sofort fielen mir ihre Lippen auf, seltsam schief und zu einem bitteren Lächeln geformt, was so gar nicht zu ihrer Empörung passte.

„Ihr Köter hat mich fast vom Fahrrad geholt."

„Wenn Sie noch einmal Köter sagen, dann ..."

Sie brach ab, während ihre Mundpartie nervös zuckte.

„Dann was?", fuhr ich sie an.

„Idiot!", zischte sie.

„Danke, gleichfalls."

Sie ließ die Leine los und gab mir eine Ohrfeige, was ihr Hund sogleich zum Anlass nahm, mich doch noch anzufallen. Da sich zwischen ihm und mir glücklicherweise das Fahrrad befand, riss ich es in die Höhe, worauf ihn mitten im Sprung das Fahrradpedal an seiner empfindlichsten Stelle traf. Er heulte jämmerlich auf - die Sache fing an, mir zu gefallen. Wir befanden uns mitten auf der Straße und die stehen gebliebenen Autos begannen zu hupen, was die Frau zu einer unerfreulichen Geste ihres Mittelfingers verleitete, bevor sie mit ihrem Hund, der wimmernd und mit breitem Gang folgte, verschwand. Ich radelte nach Hause und vergaß den Vorfall wieder.

Am nächsten Morgen, meinem zweiten Arbeitstag, sollte ich zu meiner Abteilungsleiterin kommen, die tags zuvor außer Haus gewesen war und mich nun offiziell begrüßen wollte. An ihrer Bürotür stand:

Silke Hackenberg - Leitung Team 3

Ich klopfte und trat ein. Eine Frau, ich schätzte sie auf Anfang Dreißig, stand seitlich zu mir und unterhielt sich mit einem Mann. Sie trug einen dunklen Hosenanzug und hatte ihre Haare nach hinten gebunden. Nun beendete sie das Gespräch und wandte sich mir zu. Sofort erkannte ich den bitteren Zug um ihre Mundpartie. Auch sie schreckte kurz auf, hatte sich aber sofort wieder im Griff, und hieß mich in ihrer Abteilung willkommen. Dann stellte sie mir ihren Chef, Jim Rooney, vor. Ihre Stimme vertrieb meine letzten Zweifel, ich stand eindeutig vor der Hundebesitzerin von gestern.

Rooney erkundigte sich mit amerikanischem Akzent nach meinem Einstieg am Vortag. Er wünschte mir eine gute Zusammenarbeit im Team 3, welches auf dem Weg sei, das innovativste zu werden.

„Frau Hackenberg hat als Teamleiterin in den letzten Jahren hervorragende Arbeit geleistet. Sie werden sie kennen und schätzen lernen."

Ich erwiderte:

„Wir kennen uns bereits, wenngleich der Anlass ungewöhnlich war."

Ihr rechtes Augenlid begann nervös zu zucken, während Rooney nachhakte:

„Ach ja, was ist passiert?"

Ich wollte eben antworten, als sie mir zuvorkam:

„Ach, kaum der Rede wert, er nahm mir gestern mit seinem Fahrrad die Vorfahrt, ich konnte gerade noch ausweichen ..."

Das war gelogen, weshalb ich erwiderte:

„Nun, genau genommen nahm ich nicht Frau Hackenberg die Vorfahrt, sondern ihrem Hund. Schließlich kam er von rechts, als er wie wild auf mich zustürmte."

Sie wurde blass und Rooney zog eine Augenbraue hoch:

„Haben Sie etwa wieder einen Hund, Silke?"

„Er gehört meinem Nachbarn."

Ich wandte ein:

„Sie meinten gestern aber, ich solle mich bei *Ihrem* Hund entschuldigen."

Rooney wirkte angekratzt, als er sie fragte:

„Silke, geht das etwa wieder von vorne los? Es gibt klare Absprachen."

Nun passte ihr bitteres Lächeln perfekt zur Situation.

„Das ist ein Missverständnis, Jim. Sie können sich auf mich verlassen."

Rooney warf ihr einen kritischen Blick zu und nahm mich am Arm. Ich folgte ihm zum Aufzug, wo er mit mir hoch in sein Büro fuhr.

Dort wollte er alles über den Vorfall wissen. Ich hatte keine Ahnung, was hier ablief, daher blieb ich bei der Wahrheit, auch wenn ich dieser Hackenberg damit vermutlich keinen Gefallen tat. Rooneys Ärger verflog, als ich von meiner *Attacke* mit dem Fahrradpedal berichtete. Er fragte nach der Bedeutung des Wortes „Köter", ein Ausdruck, den er noch nicht kannte. Ich klärte ihn auf und er grinste:

„Oh yeah, we call it *cur*, and it means exactly that kind of fuckin´ dogs."

Dann wurde er wieder ernst und bat mich, den Vorfall schriftlich zu bestätigen. Da meine Aussage der denkbar übelste Einstieg in ihr Team wäre, bat ich Rooney um Bedenkzeit. Man sah, dass ihm das nicht passte, weshalb er mich für morgen wieder einbestellte, er lasse bis dahin den Schriftsatz vorbereiten. Damit tippte er auf das vor ihm liegende Tablet, und ich sah, dass er damit unser Gespräch aufgezeichnet hatte. Ich wollte protestieren, doch nun verschwand alle Freundlichkeit aus seinem Gesicht:

„Bis morgen."

Ich ging zurück und fand auf meinem Schreibtisch eine Nachricht, dass ich sofort zur Hackenberg kommen solle.

So betrat ich zum zweiten Mal ihr Büro.

„Setzen Sie sich."

Ich nahm Platz und wartete. Ihre Mundpartie zuckte wieder, worunter ihr ansonsten attraktives Gesicht empfindlich litt. Sie sah mich schweigend an. Da sagte ich:

„Rooney verlangt von mir, unseren Vorfall schriftlich zu bestätigen. Ich habe aber nicht vor, dies zu tun. Vorausgesetzt natürlich, Sie entschuldigen sich für die Ohrfeige."

Ich fand das ein faires Angebot, doch sie antwortete nur:

„Es gibt nichts, wofür ich mich zu entschuldigen hätte."

„Wie Sie meinen."

Damit stand ich auf und verließ ich ihr Büro. Der restliche Tag verlief ohne weitere Zwischenfälle, ich versuchte mich zu konzentrieren und den Einweisungen in mein Sachgebiet zu folgen, auch wenn ich inzwischen davon ausging, nicht mehr lange hier zu arbeiten.

Am Abend rief mich meine Mutter an und fragte nach meinem neuen Job. Ich verschwieg ihr den Einstieg, stellte alles hoffnungsvoll dar und versprach wie immer, regelmäßig zu essen. Danach machte ich mir im Backofen eine Tiefkühlpizza, die mir etwas dunkel geriet. Als ich sie herausnehmen wollte, läutete es. Vor der Tür stand die Hackenberg, was mich nicht sonderlich überraschte, schließlich hatte sie wegen unserer Sache wesentlich mehr zu verlieren als ich.

„Wo ist Ihr Hund?", begrüßte ich sie.

„Kann ich reinkommen?", fragte sie und ging ohne eine Antwort abzuwarten an mir vorbei ins Wohnzimmer, setzte sich aufs Sofa und sagte:

„Rooney ist ein Schwein."

Nach allem, was ich in der Firma bisher mitbekommen hatte, lag sie damit wohl nicht falsch. Mir fiel auf, dass ihr bitteres Lächeln fast verschwunden war, dafür hatte sie verheulte Augen.

„Ich hatte angeboten, nichts zu unterschreiben, was unseren Vorfall betrifft.", versuchte ich sie zu beruhigen.

„Darum geht es nicht."

„Worum dann?"

„Rooney will unser Team plattmachen. Mich, Sie, uns alle."

„Aber er hat sie heute Vormittag doch in den Himmel gelobt."

„Eben."

„Wie soll ich das verstehen?"

„Rooneys Lob ist bullshit. Mein Erfolg kratzt an seiner Stellung, ich bin eine Gefahr für ihn. "

„Und die Sache mit dem Hund?"

Erstmals lächelte sie.

„Er hasst Hunde, so wie Sie, und mein Scottie spürt das. Deswegen wollte er Sie vom Fahrrad holen, was ich aber verhindern konnte. Nicht verhindern konnte ich allerdings, dass er vor zwei Monaten auf Rooneys weißem Cadillac mitten auf die Motorhaube …, Sie wissen schon."

Sie lachte plötzlich und schüttelte dabei ihr Haar, das sie offen trug.

„Rooney stellte mich daraufhin vor die Alternative: Hund oder Karriere. Arbeitsrechtlich ein Witz, intern aber todernst. Also ging ich darauf ein und das hat er mir nun zwei Monate lang abgenommen, bis heute jedenfalls."

Sie fing wieder an zu heulen und ich reichte ihr ein Papiertaschentuch.

„Wenn er unser Team abwickelt, kann ich einpacken. Nicht nur ein Projekt, sondern gleich ein ganzes Team an die Wand zu fahren, ist mein berufliches Ende. Er wird meine Umsatzzahlen nach unten manipulieren und mich damit loswerden. Da ist das mit Ihnen und Scottie nichts dagegen, eine Lappalie."

Es roch verbrannt. Ich eilte in die Küche, wo es aus dem Backofen rauchte. Rasch holte ich das Blech mit der Pizza heraus, sie sah mittlerweile aus wie eine aufgequollene Vinylplatte. Ich öffnete das Küchenfenster und ging zurück zur Hackenberg.

„Ihr Abendessen?", fragte sie.

Ich nickte.

„Tut mir leid."

„Egal, wollen Sie etwas trinken?"

„Tee mit Zucker.", gab sie zur Antwort und zog Jacke und Stiefel aus.

Ich ging in die Küche, setzte Wasser auf und suchte im hintersten Eck meines Schranks nach Tee. Tatsächlich fand ich einen alten Beutel, vermutlich noch vom Vormieter, goss das kochende Wasser darüber, legte Zucker und einen Teelöffel mit auf das Tablett und ging zurück ins Wohnzimmer, wo sie mich auf dem Sofa liegend empfing, was ich befremdlich fand, aber nicht weiter kommentierte. Ich stellte den Tee vor ihr ab und sagte:

„Also nochmal. Ich werde bei Rooney nichts unterschreiben, was Ihnen schaden könnte. Klar?"

„Danke, dass du das für mich tust."

Nun wurde es kompliziert - eine Vorgesetzte, die mich am Abend des zweiten Arbeitstages auf meinem Sofa liegend zu duzen begann. Sie stierte schweigend zur Decke, während ihr Tee kalt wurde. Eigentlich war sie mir, abgesehen von ihrem Hund, nicht unsympathisch. Hätte ich sie in einem Café kennengelernt und mit hierhergebracht, alles wäre wunderbar gewesen. Aber sie war meine Teamleiterin. Das Duzen war nicht das Problem, dass sie dort lag, schon eher.

Ich fragte sie, ob ich ihr irgendwie helfen könne.

Nun stöhnte sie auf, wie von der Last des Lebens erdrückt, schwieg aber weiter. So verging eine Viertelstunde. Irgendwann schloss sie ihre Augen und ich betrachtete sie eingehender. Im Grunde war sie attraktiv, nur an die Irritationen ihrer Mundpartie musste man sich gewöhnen.

„Schaff mir Rooney vom Hals, egal wie."

Ihre Stimme klang plötzlich tiefer als sonst.

„Rooney muss weg?", hakte ich nach.

„Unbedingt."

„Soll ich es wie einen Unfall aussehen lassen?"

Sie sah mich an und lächelte:

„Hör mal, ich kann mir gut vorstellen, mit dir zu arbeiten. Du passt gut ins Team und bist mir trotz der Hundegeschichte irgendwie sympathisch."

„Danke, du mir auch.", übertrieb ich etwas voreilig.

Sie streckte einen Arm aus und fuhr mit ihrer Hand über meine Wange. Ich ließ es geschehen, bewegte mich aber keinen Millimeter vom Fleck. Dann öffnete sie die zwei oberen Knöpfe ihrer Bluse und seufzte:

„Ohne Rooney wäre alles einfacher."

„Ohne Scottie auch."

Das war mir spontan herausgerutscht. Prompt zog sie ihre Hand zurück und sagte:

„Du redest Mist."

Nun platzte mir der Kragen:

„Was willst du eigentlich von mir?"

„Wenn du das nicht gemerkt hast, dann kann ich dir auch nicht helfen."

Damit stand sie auf, zog Jacke und Stiefel an und verließ meine Wohnung.

Den Tee schüttete ich weg. Sollte sie doch ihren Köter auf Rooney ansetzen, ich jedenfalls stand nicht zur Verfügung.

Am nächsten Morgen musste ich gleich als erstes zu ihm. Er saß hinter seinem Schreibtisch und reichte mir das Blatt mit meiner gestrigen Aussage zu dem Hundevorfall, ein Füller lag schon bereit.

„Ich unterschreibe nicht.", erklärte ich mit fester Stimme.

Er lächelte mich an, holte aus einer Schublade ein weiteres Blatt und schob es zu mir. Der gleiche Text, aber mit meiner Unterschrift. Klar, man hatte sie aus meinem Arbeitsvertrag gescannt und eingefügt.

„Macht man das in Amerika immer so?"

Er ignorierte meine Frage und sagte:

„Übrigens, wenn Frau Hackenberg sich das nächste Mal wieder auf Ihrem Sofa räkelt, dann lassen Sie sie nicht einfach so liegen, das ist unhöflich. Oder sind Sie schwul?"

Ich war verblüfft, irgendetwas lief hier aus dem Ruder. Wortlos stand ich auf und ging.

Als ich an Silkes Büro vorbeikam, winkte sie mich herein.

„Und?"

„Man hat meine Unterschrift eingescannt."

Sie starrte mich entsetzt an.

„Außerdem wusste er, dass du gestern bei mir warst."

„Dann lässt er mich beobachten."

„Wegen dem Hund?"

„Nein, wegen meinen Umsätzen."

„Vielleicht sollte ich ihn doch beiseiteschaffen?", witzelte ich.

Sie gab mir einen Zettel mit ihrer Handynummer und sagte:

„Ruf mich an. Danach."

Am nächsten Tag war ihr Namensschild verschwunden und das Büro leergeräumt. Team 3 wurde abgewickelt, auch auf meinem Schreibtisch lag die Kündigung. Ich nahm es gelassen und fand bald eine andere Stelle. Zwar verdiente ich dort weniger, war aber umgeben von halbwegs normalen Menschen.

Irgendwann entdeckte ich die Nachricht im Lokalteil der Zeitung: Ein aus Amerika stammender Geschäftsführer sei bei einem Unfall ums Leben gekommen. Die Todesursache sei eine Verquickung tragischer Umstände, Fremdeinwirkung werde ausgeschlossen.

Zwei Tage später rief ich Silke an. Sie war völlig neben der Spur. Ihr Scottie sei von einem Traktor angefahren worden und müsse eingeschläfert werden. Sie heulte am Telefon und erst mein Hinweis, darüber die gute Nachricht von Rooneys Tod nicht zu vergessen, konnte sie beruhigen. Doch von einer Sekunde zur nächsten begann sie mich nun zu beschimpfen, wie ich sie auf dem Sofa neulich gedemütigt hätte. Ich legte auf. Das musste ich mir nicht anhören.

Zwei Wochen später dann kam dann die nächste interessante Nachricht im Lokalteil. Silke Hackenberg wurde Rooneys Nachfolgerin als Geschäftsführer. Auf dem Foto sah man sie strahlend an dessen Schreibtisch sitzen, neben ihr ein Hund, der nicht nur aussah wie Scottie, sondern auch so hieß und - wie dem Kurzinterview mit ihr zu entnehmen war - seit vier Jahren ihr engster Lebensgefährte war, was einen Mann in ihrem Leben entbehrlich mache.

Ich musste den letzten Satz zweimal lesen. Meinte sie etwa mich? Außerdem war ihr Köter weder angefahren noch eingeschläfert worden, sondern erfreute sich auf dem Foto bester Gesundheit. Das konnte ich nicht hinnehmen.

Scottie musste weg.

Ich kaufte mir ein Auto und war damit abends in ihrer Gegend unterwegs. Irgendwann würde ich ihn erwischen, ein Unfall oder eine Verquickung tragischer Umstände. Das war ein Kinderspiel für mich nach der Sache mit Rooney.

Doro träumt

Dorothea will immer schon nach Kuba. Ihr großer Traum. Doch ständig ist da etwas, das sie daran hindert. Zum Beispiel ich.

Dorothea ist schlecht auf mich zu sprechen, weil sie immer wieder träumt, dass ich sie betrüge, mehrmals sogar mit ihrer besten Freundin Ines. Morgens erinnert sie sich derart detailliert an die Geschehnisse, dass sie nicht umhinkann, das Geträumte als Tatsache anzusehen, worin ihr aufgewühlter Zustand sie ohnehin bestärkt. Meine Dementis hingegen schüren nichts als Misstrauen.

Es kann anstrengend sein, Dorothea als Partnerin zu haben.

Kürzlich hat sie mich tagsüber mit Ines gesehen, die ich zufällig vor der Post traf, in der Nacht aber nackt im Bett hatte, wie Dorothea mir am nächsten Morgen heulend vorhielt, um mich danach aus dem Schlafzimmer zu werfen. Seither versuche ich, all ihren Freundinnen aus dem Weg zu gehen.

Ein nervöses Flackern um ihre morgendlich verheulten Augen verrät mir, dass ich sie wieder betrogen habe. Mein Handlungsspielraum wird zunehmend enger und ihre Kubareise immer ungewisser.

Es fühlt sich düster an, in Dorotheas Träumen aufzutauchen.

Mit ihr darüber zu reden, gleicht einem Gang über vermintes Gebiet. Aus purer Not bitte ich sie, Herbert aufzusuchen, er ist Psychoanalytiker mit dem Schwerpunkt Traumdeutung. Sie willigt ein. Herbert ist ein alter Bekannter von mir und gerade in Eile, als ich ihn anrufe.

„Sie hat Angst, dich zu verlieren.", diagnostiziert er im Schnellverfahren, „du musst ihr einfach mehr Vertrauen schenken."

„Aber das wird durch ihre Träume zunichtegemacht."

„Eben, sie vertraut dir nicht."

Damit legt er auf. Ich ahne, dass von ihm keine Hilfe zu erwarten sein wird.

Trotzdem geht Dorothea zu Herbert, zwei Mal wöchentlich. Ihre Träume werden seltener. Ich bringe mein Bettzeug zurück in unser Schlafzimmer und nächtige wieder neben ihr. Sie lächelt manchmal beglückt vor sich hin. Ich schöpfe Hoffnung.

Eines Nachts träume ich, dass Dorothea Sex mit Herbert hat und erinnere mich beim Erwachen an jedes Detail, was mich zum Lachen bringt. Dorothea will wissen, was los sei und ich berichte ihr gut gelaunt.

Sie wird blass und gesteht.

Ein halbes Jahr später treffe ich Herbert, bei dem Dorothea mittlerweile wohnt. Er schaut nicht gut aus und ignoriert meine Frage, wie es mit ihr so laufe.

Irgendwann steht Dorothea vor meiner Tür und will mit mir reden. Wir setzen uns an den Küchentisch und sie sagt, dass sie mir verziehen habe, obwohl sie wisse, dass es nichts zu Verzeihen gäbe. Ich freue mich für sie und gratuliere zu ihrer Genesung, als überraschend meine neue Freundin ungewohnt früh von der Arbeit kommt.

Ines freut sich, Dorothea zu sehen. Dorothea nicht. Es wird laut.

In der Nacht verspricht Ines, nie von mir zu träumen.

Herbert ruft irgendwann an und frägt, ob Dorothea bei mir sei. Ich verneine.

Ines erzählt, sie habe Dorothea am Flughafen getroffen. Sie sei fünf Wochen weg gewesen und habe kein einziges Mal geträumt. Havanna sei wirklich ein Traum.

Guntram der Flugsaurier

Ich weiß noch genau, wann ihr Name das erste Mal fiel: Es war am „Tag der Paläontologie", ein Begriff, der mir bis dahin nichts sagte. Die Universität veranstaltete ihn alle zwei Jahre in ihrem Südflügel, wo wegen der beengten Raumverhältnisse jedes Mal Ausnahmezustand herrschte. Ausgerechnet an diesem Tag war ich auf der Suche nach dem Hausmeister, es ging um eine Doktorandenfeier im Westflügel, wo ich demnächst mit meinem Jazztrio auftreten sollte.

Bei meiner Nachfrage im Sekretariat bedauerte man, den Hausmeister nicht anfunken zu dürfen, er sei an einem solchen Chaostag ebenso unabkömmlich wie reizbar, was ihm eine Machtfülle gewähre, von der Normalsterbliche nur träumen könnten. Nach dem letzten Stand der Dinge vermute man ihn derzeit im Raum Süd-40/II/B. Ich bedankte mich und lief los. In dem besagten Raum drängten sich etwa zwanzig Menschen um einen Tisch voller Knochenfunde, über die eine hitzige Diskussion im Gange war, weshalb man mich nicht weiter beachtete.

Da vom Hausmeister nichts zu sehen war, wollte ich eben wieder gehen, als der Name *Dagmar Wagnar* fiel. Wie vom Blitz getroffen blieb ich stehen und hörte zu, wie die Runde sich bezüglich der Knochen auf einen Zusammenhang mit Flugsauriern einigte, weshalb Dagmars Name gefallen war. Jeder der Anwesenden schien sie als Koryphäe für jene ausgestorbenen Reptilien zu kennen, eine Klärung des Problems schien ohne sie nicht denkbar. Dagmar lehre in Zürich und forsche am Schweizer Landesmuseum in Aarau. Damit hatte ich genug gehört. Aufgeregt verließ ich den Raum, ihren Namen konnte es unmöglich ein zweites Mal geben.

Ich kannte Dagmar Wagnar aus Kindertagen, wir wuchsen in unmittelbarer Nachbarschaft auf, verbrachten viel Zeit miteinander und schmiedeten bereits zur Einschulung Heiratspläne, auch wenn unser Vorsprechen beim Standesamt, wo Dagmars Onkel arbeitete, nicht das erhoffte Ergebnis brachte. Das weitere Verfolgen unserer Pläne erübrigte sich dann durch Dagmars plötzlichen Wegzug in der dritten Klasse. Sie wohnte nun, wie ich Gesprächen meiner Eltern entnahm, am Ende der Welt, dort sei, wie sie spotteten, der Hund erfroren oder begraben, wobei das eine ja das andere nach sich zog, soviel verstand ich damals schon. Was mir aus Erdkunde bekannt war, musste sie demnach am Nord- oder Südpol leben und entsprechend stellte ich mir ihr neues Zuhause als eine Eiswüste voller Iglus und Eskimos vor, irgendwo in der Antarktis oder noch weiter weg.

Nach zwei Monaten traf eine Ansichtskarte von Dagmar ein, in der sie mir schrieb, sie habe einen neuen Freund. Mein acht Jahre altes Herz verspürte einen Stich, doch es stellte sich heraus, dass der neue Freund Tuffi hieß und ein Langhaardackel war, der, wie sie schrieb, dem auf der Postkartenrückseite abgebildeten Hund sehr ähnlich sehe. Ich war erleichtert. Dass dieser Tuffi den Ortsbeschreibungen meiner Eltern zufolge keine hohe Lebenserwartung hatte, freute mich besonders. Ich betrachtete nun die abgestempelte Briefmarke, die am Ende der Welt genauso aussah wie bei uns, auch ihr Absender hatte so gar nichts Arktisches. Dessen ungeachtet schrieb ich ihr zurück und fragte, ob es stimme, dass Eskimos zwanzig verschiedene Wörter für Schnee hätten. Das hatte meine Lehrerin behauptet, was ich ihr aber nicht abnahm, weshalb ich mit Dagmars Infos aus erster Hand ihre Lüge würde entlarven können. Dann ergänzte ich noch, dass ihr Dackel seine langen Haare am Ende der Welt sicher gut gebrauchen könne, so kalt wie es dort sei, schließlich würden dort doch ständig Hunde erfrieren, was man so höre. Dagmar sollte ruhig merken, dass ich auch außerhalb unserer Stadt bestens Bescheid wusste.

Dass sie mir daraufhin nicht mehr antwortete, bekümmerte mich. Trost spendete mir die naheliegende Vorstellung, dass der Postbote von einem Eisbären angefallen worden war oder die Schneehunde seines Postschlittens mitsamt meiner Karte im ewigen Eis begraben lagen. Jedenfalls war Dagmar für mich verloren. Ich trauerte unübersehbar und verriet meinen Schulkameraden, Frühwitwer geworden zu sein. Dies bedeutete ein absolutes Alleinstellungsmerkmal innerhalb der Klasse, von dem aber irgendwann meine Eltern erfuhren. Der Doktor, zu dem sie mich nun schleppten, hatte so gar nichts von einem

Arzt und seine Praxis mit dieser düsteren Couch wirkte eher wie ein Wohnzimmer. Mit überfreundlicher Stimme befragte er mich eine halbe Stunde lang nach Dagmar und schickte mich danach ins Wartezimmer, während er mit meinen Eltern redete. Als sie schließlich wieder herauskamen, wirkten sie beruhigt, und ich musste ich nie wieder hin.

Damit war das Thema für mich aber noch längst nicht abgeschlossen. Ich träumte weiterhin von Dagmar, redete unter der Bettdecke mit ihr, und hielt meine Heiratsabsichten aufrecht. Ich schrieb einen ganzen Block voll mit ihrem Namen, bis der Buchstabe A, der sich wie eine rote Linie durch die gesamte Länge ihres Namens zog, ein Sinnbild meiner Liebe und meiner Trauer wurde. Sicher erklärte dies das Dilemma, dass ich mich später von A-lastigen Namen angezogen fühlte. Bei Mädchen war mir dies wichtiger als alle Äußerlichkeiten. Anna Rall, meine erste Freundin, wog doppelt so viel wie ich, doch ich begehrte sie, und während wir zu Musik von Abba oder Frank Zappa erste Annäherungen wagten, stellte ich mir mit geschlossenen Augen vor, Dagmar würde neben mir liegen.

Als ich sechzehn Jahre alt wurde, zeigten mir meine Eltern einen Zeitungsartikel mit einem Bild von Dagmar. Sie hatte einen Preis bei *Jugend forscht* gewonnen, mit einem archäologischen Thema, zu dem sie in den Schulferien wochenlang Ausgrabungen besucht hatte. Dass sie ausgerechnet *so etwas* tat, leuchtete mir ein. Sicherlich hatte sie damals ihren Tuffi nach wenigen Wochen erfroren begraben müssen und wer weiß, wie oft sie ihn danach wieder ausgegraben hatte. Schließlich war er ihr einziger Freund gewesen, nachdem sie mich mit dem Nichtbeantworten meiner Postkarte verlassen hatte. In dem Zeitungsartikel sah man sie mit ernstem Gesicht und der Trophäe in der Hand neben zwei Erwachsenen stehen. Ich fragte meine Eltern, ob sie wohl wieder in Deutschland wohne, woraufhin sie meinten, Dagmar habe Deutschland nie verlassen, auch wenn es damals die hinterste Ecke gewesen sei, in die sie mit ihrer Familie gezogen war. Ich war entsetzt, als ich meinen kindlichen Irrtum und damit auch die Beleidigung, die ich Dagmar mit meiner Postkarte zugefügt hatte, begriff. Den Zeitungsausschnitt hob ich auf und schaute ihn oft an.

Nun verließ ich den Raum mit den Knochenfunden und suchte weiter nach dem Hausmeister. Dabei stieß ich auf ein Plakat: In zwei Wochen würde hier an der Universität der Jahreskongress der Paläontologischen Gesellschaft stattfinden. Es wurde nebenbei das *Fossil des Jahres* genannt, zu dem man den „Flugsaurier" auserkoren hatte. Die Laudatio für das gefeierte Fossil hielt: Dagmar Wagnar. Mein Herz schlug höher. Der Hausmeister war mir nun egal, ich würde ihn morgen suchen.

Zuhause recherchierte ich im Netz nach der Paläontologischen Gesellschaft, wo ich auf ein Foto von ihr stieß, was mich stutzen ließ. War sie das? Wir hatten uns seit fünfunddreißig Jahren nicht mehr gesehen und der mittlerweile vergilbte Zeitungsausschnitt war auch schon fünfundzwanzig Jahre alt. Ihrer Biografie war zu entnehmen, dass sie, was ich von der Paläontologenrunde bereits wusste, in der Schweiz lebte. Doch ein Detail war neu: sie engagierte sich ehrenamtlich in einem Sauriermuseum in der Nähe von Zürich, und der Name jenes Ortes erregte mich auf altbekannte Weise: Aathal.

Ich musste unbedingt Zugang zu diesem Jahreskongress bekommen.

So lud ich zwei Tage später meine alte Bekannte Inge ein, der ich oft Freikarten für meine Jazzkonzerte besorgte. Sie war Doktorandin der Archäologie und konnte mir vielleicht helfen. Der Abend war amüsant, sie sprach viel von ihrem Forschungsauftrag in Sankt Gallen. Mit meiner Frage, wie die Schweiz so sei, rannte ich offene Türen bei ihr ein. Sie mokierte sich fürchterlich über die Sankt Gallener Verhältnisse, wo ihr als Deutsche weder Arbeits- noch Menschenrechte zuerkannt wurden. Man könne dies der historisch gewachsenen Frauenfeindlichkeit zuschreiben, aus welcher der Kanton Appenzell-Innerrhoden - sie verkniff sich eine Namenskommentierung - besonders herausrage, da dort das Frauenwahlrecht erst 1990 eingeführt worden sei. Letztlich wurden nur Eidgenossen als Menschen akzeptiert, was die Unzumutbarkeit von Sankt Gallen und damit der ganzen Schweiz erkläre,

man dulde Lebewesen wie sie nur als temporäre Erschei-
nung, Sympathie errege ausschließlich das Datum ihrer
Ausreise. Wer Sankt Gallen überstehe, überstehe jede Re-
gion dieser Welt, dieser Ort tauge bestens als Diplomaten-
schmiede, und zwar als beinharte. Inges letztes Wort
nahm ich zum Anlass, um auf die Knochenfunde und
mein Anliegen überzuleiten. Der Name Dagmar Wagnar
erheiterte sie sofort. Bei ihrem Namen falle ihr das Kuri-
osum über einen Flugsaurier namens Guntram ein, dessen
Ruf es über die paläontologischen Fachkreise hinaus sogar
bis in die Archäologie geschafft habe und dort seit Jahren
die Runde mache. Ich war verwundert, denn dieser Flugsaurier trug meinen zweiten Vornamen, von dem außer
Dagmar und ihre Mutter aber so gut wie niemand wusste.
Jener Guntram, fuhr Inge fort, sei das Synonym für ein
unsägliches Problem der Flugsaurierforschung. Wie sie
mir nun erläuterte, hatten zwei unterschiedliche Typen
von Flugsauriern existiert, nämlich der Langschwanz- und
der Kurzschwanzflugsaurier. Ersterer musste die Kürze
seiner Mittelhandknochen zugunsten seines langen
Schwanzes hinnehmen, der Kurzschwanzflugsaurier exakt
das Gegenteil. Es sei inzwischen bewiesen, dass die Kurz-
schwänze von den Langschwänzen abstammten, was vor
allem die männliche Wissenschaft mit Genugtuung er-
fülle. Und hier habe Guntrams Karriere begonnen. Es
ging darum, dass dieses ganze Schwanzlängen-Charakte-
ristika übelste Instinkte der Männerwelt weckte. Deshalb

beschwor ihr Forschungsgebiet anzügliche Witze geradezu herauf, was jener Dagmar Wagnar derart auf den Geist gegangen sei, dass sie Guntram erfand, als Abbild jenes Mannes, dessen Eigenschaften sich auf niedrigste Instinkte beschränkten. Guntram als der langschwänzige Urtypus des hirnamputierten männlichen Wissenschaftlers, dessen verheerendste Charakteristika es sei, *nicht* vom Aussterben bedroht zu sein. Inge lachte, mir hingegen schwirrte der Kopf. Warum nutzte sie *meinen* Namen dafür? In was war Dagmar da geraten? Inge meinte, ich solle das nicht so ernst nehmen, niemand tue das, außer diese Dagmar selbst. Sie kenne jene nur flüchtig, sie sei in meinem Alter und nicht unattraktiv, auch wenn sie sich kleide wie unsere Bundeskanzlerin, was sie älter und verhärmter wirken ließe, als sie womöglich sei, das könne man schwer sagen. Ich äußerte, dass sie demnächst bei der Paläontologischen Jahrestagung hier in der Stadt einen Vortrag halte, den ich gerne besuchen würde, ob sie mir zu einer Eintrittskarte verhelfen könne. Sie sah mich merkwürdig an, sagte aber zu, sich zu erkundigen.

Drei Tage später hatte ich die Karte.

Mit zwiespältigen Gefühlen setzte ich mich in die Mitte des Vortragssaales, um Dagmar unbemerkt beobachten zu können, auch wenn es nach so vielen Jahren nahezu ausgeschlossen war, dass sie mein Gesicht erkennen würde, zumal an diesem Ort.

Den ersten Vortrag gestaltete der Vorsitzende der Paläontologischen Gesellschaft, worin es um die Kritik an der Politik zur Neuregelung des Kulturgutschutzes ging, da man plane, nur wenige paläontologische Funde als wirkliches Kulturgut anzuerkennen. Ein entsetztes Raunen ging durch die Zuhörerschaft, dem ich mich als ähnlich diskriminierter Jazzer solidarisch anschloss. Er zählte nun einige herausragende Beispiele auf, wie etwa den Backenzahn eines Wollhaarigen Mammuts aus der Kollektion des Philosophen Leibniz. Die weiteren Erläuterungen gingen dann an mir vorbei, zu nervös war ich wegen Dagmars bevorstehenden Auftritts.

Dann endlich war es soweit: sie kam auf die Bühne und wurde mit einem warmherzigen Applaus empfangen.

Dagmar hatte halblanges dunkles Haar mit hellblonden Strähnchen, war vollschlank, aber keinesfalls dick und trug wie von Inge beschrieben, einen Hosenanzug à la Kanzlerin. Ihre Stimme bestach durch eine kühle Sachlichkeit, mit der sie eine mit Fachbegriffen gefüllte, halbstündige Laudatio zum Fossil des Jahres hielt, kein einziges Mal dabei lächelte, wie sie sich überhaupt jeglicher Mimik enthielt. Ich erkannte, dass diese Frau mit meiner Sandkasten-Dagmar höchstens noch den Namen gemein hatte, auch wenn sie es ohne Zweifel war. Nach ihrem Vortrag, der kein einziges Mal jenes männliche Reizwort, weder in kurzer noch langer Ausführung, enthielt, brandete Applaus auf. Dagmar bedankte sich mit einer Verneigung und verschwand hinter dem Vorhang. Neben mir hörte ich die Bemerkung eines Mannes, dass die gute alte Dagmar mal wieder vor Nachfragen flüchte, um nicht mit Guntram konfrontiert zu werden. Die neben ihm sitzende Frau lächelte zustimmend und meinte, Dagmar bräuchte endlich einen Mann, dann würde sie lockerer werden. Sie brauche vermutlich mehr als nur einen, oder aber eine Frau, erwiderte der Mann, was ich aber nicht hören wollte und mich durch die Reihe der applaudierenden Paläontologen in Richtung Ausgang kämpfte. Beim Hinausgehen entdeckte ich auf einem der Tische eine Broschüre über sie, in der ich zuhause ihre Adresse fand. Sie wohnte in Waldshut-Tiengen, direkt an der Grenze zur Schweiz.

An einem grauen und wolkenverhangenen Samstagvormittag läutete ich an der mit WAGNAR beschrifteten Glocke eines Einfamilienhauses am Stadtrand von Waldshut-Tiengen.

Eine etwa achtzigjährige Frau öffnete die Tür und sah mich misstrauisch an. Sie setzte ihre Brille auf und ihr Gesichtsausdruck wandelte sich in Erstaunen.

„Guntram?", fragte sie mich, „Robert Guntram Böckler?"

In diesem Augenblick erkannte ich sie als Dagmars Mutters.

„Frau Wagnar, das ist ja eine Überraschung. Ich wollte zwar eigentlich zu Ihrer Tochter Dagmar, aber schön, auch Sie hier zu treffen."

„Dagmar!", schrie die Mutter nun erstaunlich kräftig ins Hausinnere „rate mal, wer uns besucht! Der Guntram ist´s, deine große Liebe!"

Ich konnte mir vorstellen, wie Dagmar bei diesen Worten erstarrte. Übler hätte mein Besuch nicht beginnen können.

Nun hörte ich ihre Stimme aus dem Hintergrund:

„Mama, Guntram ist ein Flugsaurier, wie oft soll ich dir das noch sagen? Er ist seit Millionen von Jahren tot, verstehst du, ausgestorben, verwest, ein Fossil."

Dagmars Mutter lachte und bat mich herein.

„Sie wird gleich merken, wie verwest du bist. Ich darf dich doch noch duzen? Komm, setz dich, willst du etwas trinken?"

Der Einrichtung des Wohnzimmers zufolge, in das sie mich nun führte, wohnte Dagmar hier bei der Mutter, trotz ihrer zweiundvierzig Jahre. Zusammen mit der Bemerkung meines Sitznachbarn bei dem Vortrag verfestigte sich damit mein Bild von ihr. Es war kein sonderlich ansprechendes Bild, aber das war ich, als zweimal geschiedener Jazzmusiker ohne Festanstellung auch nicht. Meine erste Ehe mit Ingrid war ein Missverständnis und die zweite mit Helen ein Irrtum, oder anders herum, das konnte ich noch immer nicht mit Bestimmtheit sagen. Sicher war nur, dass ich mit Frauen ohne A im Namen kein Glück hatte. So war Dagmar irgendwann ein schicksalhafter Hoffnungsschimmer für mein ausgetrocknetes Liebesleben geworden, in dem sie Platz haben würde, so das

Feuer unserer Kindheit wieder aufflackern würde. Doch danach sah es im Moment nicht aus, auch wenn sie ungebunden war, was mir im Augenblick eine ähnliche Befriedigung verschaffte wie damals als Kind die Vorstellung, wie ihr Tuffi erfroren auf irgendeiner Eisscholle lag und mir damit nicht mehr in die Quere kommen konnte.

In der Schrankwand aus Eiche standen etliche gerahmte Fotos, die ich betrachtete, während die Mutter in der Küche etwas zu trinken holte. Dagmar als Kind und als Heranwachsende, ein Rahmen enthielt - ähnlich vergilbt wie meiner - den Zeitungsausschnitt als sechzehnjährige Preisträgerin, daneben Bilder als Studentin und bei ihrer Doktortitelverleihung. Alles voll mit Fotos von Dagmar, weit und breit weder Vater noch Mutter noch sonst ein Mensch, von einem Mann ganz zu schweigen. Dieser Umstand war vielversprechend und beunruhigend zugleich. Liebte sie Frauen? Wohnte sie bei ihrer Mutter, um diese für schweizerische Verhältnisse untragbare Neigung zu verschleiern? In Sankt Gallen hätte man sie dafür, wenn ich an Inges Ausführungen dachte, sicherlich gesteinigt, da war Zürich zivilisatorisch schon einige Jahre weiter.

Nun kehrte ihre Mutter zurück und brachte zwei Flaschen Almdudler, ein Getränk, dass ich seit meiner Kindheit nicht mehr getrunken hatte.

„Dass es den Almdudler noch gibt, Frau Wagnar, das wusste ich gar nicht."

„Ach Guntram, das Dagmarlein trinkt ihn immer noch so gerne wie früher."

„Wohnen Sie zusammen hier? Dagmar hat in Zürich doch sicher eine eigene Wohnung?"

„Warum sollte sie? Hier hat sie alles und mit dem Zug ist es nur ein Katzensprung zur Arbeit."

Ich musste schlucken. Der Schlagzeuger meines Jazztrios wohnte mit Anfang fünfzig auch noch bei seiner Mutter. Aber vielleicht wirkte sich dieser Umstand bei Töchtern weniger verheerend aus.

„Und wie geht es dir mit deiner Musik? Wie hieß die gleich nochmal?"

Ich war baff. Woher konnte diese Frau, die mich als Achtjährigen zum letzten Mal gesehen hatte, von meinem Beruf wissen?

„Ich spiele Jazzpiano und lebe davon."

„Aber warum hast du denn nichts Vernünftiges gelernt? Deine Eltern waren doch so nett."

Sie schien keine Antwort zu erwarten und fischte nun aus einem Fach der Schrankwand eine angebrochene Packung Prinzenrolle, um deren Inhalt reihum auf einen großen Teller zu platzieren. Diese Kekse samt dem Almdudler dazu, das bekamen wir als Kinder immer zum Nachmittagskaffee der Erwachsenen.

„Weißt du noch, früher?", lächelte sie.

Ich nickte und fragte sie:

„Woher wissen Sie denn, dass ich als Musiker arbeite?"

„Vom Dagmarlein, woher denn sonst. Ich würde solche Negermusik nie anhören."

Als Informationsquelle war diese Frau Gold wert! Also hatte Dagmar sich über mich kundig gemacht, vielleicht meinen Lebensweg verfolgt, mit den vielen Konzerten war dies auch nicht weiter schwer, das Netz vergisst auch die erbärmlichsten Kuhdörfer nicht, in denen wir uns abquälen mussten. Das hieß, sie hatte mich nie vergessen, auch wenn sie das vielleicht nicht zugeben würde. Ich musste es ausnutzen, alleine mit der Mutter zu sein.

„Und die Dagmar? Hatte sie neben ihrer Professur überhaupt noch Zeit für einen Mann oder gar Kinder?"

„Ach Guntram, das hat sie nie interessiert, worin ich sie auch immer bestärkt habe."

Sie beugte sich zu mir herüber und flüsterte in mein Ohr:

„Du warst, glaube ich, die einzige große Liebe in ihrem Leben. Schade, dass ihr damals nicht geheiratet habt."

In diesem Augenblick merkte ich, dass etwas mit ihr nicht stimmte. Schwer einzuschätzen, ob sie gelegentliche Aussetzer hatte oder mir etwas vorspielte.

„Aber sie hat mir damals nie wieder geschrieben, so groß war die Liebe wohl doch nicht.", wandte ich ein.

„Aber sie hat dir doch ständig geschrieben, du warst es doch, der nie mehr geantwortet hat, Jürgen."

Warum nannte sie mich plötzlich Jürgen? Hatte es etwa einen anderen Heiratskandidaten gegeben oder war sie nur zeitweise verwirrt? Empört stand sie auf und schrie ins Treppenhaus.

„Dagmarlein, kommst du nun endlich, man erwartet dich."

Von oben kam ein Stöhnen und kurz darauf hörte man Schritte im Treppenhaus.

„Mama, hast du deine Medikamente schon …"

Dagmar brach ihre Frage ab, als sie mich im Wohnzimmer sitzen sah.

„Wer sind Sie? Was wollen Sie hier?", fragte sie misstrauisch.

Ihre Mutter beschwichtigte:

„Aber Dagmarlein, das ist doch der Guntram von früher. Erkennst du ihn nicht wieder?"

Dagmar sah mich abweisend an und der Almdudler neben den Keksen auf dem Tisch schien ihre Verachtung noch zu steigern:

„Diesen Mann kenne ich nicht."

„Er ist ja auch älter geworden.", belehrte ihre Mutter sie.

Ich begann, mich unwohl zu fühlen. Mit allem hatte ich bei diesem Besuch gerechnet, aber nicht mit einer völligen Auslöschung meiner Person aus Dagmars Erinnerung. Gleichwohl wurde es Zeit, selbst das Wort zu ergreifen.

„Dagmar, wir sind als Nachbarn zusammen aufgewachsen und waren ein Herz und eine Seele, bis ihr weggezogen seid, da warst du in der dritten Klasse. Du hast mir danach eine Postkarte geschrieben und mir von Tuffi, deinem Langhaardackel, berichtet."

„Ach, das Tuffilein, was war das für ein süßer Hund.",
schwärmte die Mutter, doch Dagmar hielt ihre feindselige
Haltung aufrecht:

„Ich hatte einen Hund namens Tuffi. Und auch einen
Spielkameraden, aber der hieß nicht Guntram."

„Das ist auch nur mein zweiter Vorname. Ich heiße eigentlich Robert."

„Robert, kann sein, es ist mir auch vollkommen egal.
Wenn Sie jetzt bitte das Haus verlassen würden."

Damit griff sie zur Medikamentendose ihrer Mutter und
sagte verärgert:

„Du hast deine Tabletten wieder nicht genommen!
Muss ich dich wirklich drei Mal am Tag kontrollieren?"

Ich stand auf und wollte gehen, als ihre Mutter mich an-
fuhr, den geöffneten Almdudler nicht mal angerührt zu
haben. Dies sei unhöflich, vor allem gegenüber ihrem armen Vater, der hart arbeiten müsse für sein Geld.

„Mama, dein Vater ist seit vierzig Jahren tot."

„Trotzdem muss er hart arbeiten. So wie unser Guntram
mit seiner Negermusik."

Ich nutzte die Chance und fragte die Mutter in Dagmars
Beisein ein zweites Mal:

„Frau Wagnar, woher wissen Sie überhaupt, dass ich
Jazzmusiker geworden bin?"

Nun zeigte sich ein nervöses Zucken in Dagmars Au-
genlidern, sie wandte sich rasch ab, ging in die Diele und
öffnete die Haustür:

„Hier, falls Sie den Weg nicht finden."

Ich verabschiedete mich von der Mutter, folgte Dagmar in die Diele und sagte:

„Warum tust du so, als würdest du mich nicht kennen?"

Sie blickte mich spöttisch an und sagte:

„Weil du ein Idiot bist, so wie alle Guntrams dieser Welt."

Die Haustür fiel mit einem kräftigen Schlag ins Schloss. Ihr letzter Satz hallte noch nach, ich kannte ihn zur Genüge, meine beiden Ehefrauen hatten ihn gegen Ende zu auch immer behauptet. Die Wahrscheinlichkeit, dass etwas dran war, stieg damit weiter an.

Es begann zu regnen. Ich verließ Waldshut-Tiengen und fuhr auf die Autobahn in Richtung Norden, der Himmel wurde immer dunkler, was meine Bedrücktheit noch steigerte.

Dagmar hasste Männer, also hasste sie auch mich. Wie sollte da unser Feuer jemals wieder aufflackern? Aussichtslosigkeit überkam mich, es wurde dunkel in meinem Herzen, doch bei der Abfahrt Donaueschingen machte sich plötzlich Erleichterung in mir breit. Meinen Tick mit dem „A" konnte ich endgültig vergessen, frauenmäßig stand mir dadurch wieder das gesamte Alphabet offen. Kurz vor Rottweil kam der erste Sonnenstrahl durch die Wolkendecke, die sich mit jedem weiteren Kilometer lichtete und schließlich verschwand. Der flimmernd blaue Himmel über Stuttgart war voller Flugsaurier, die mir mit ihren meterlangen Schwänzen fröhlich zuwinkten.

Lido

Zum fünfzigsten Geburtstag schenkte mir meine Tochter einen Gutschein für eine Gruppenreise nach Venedig. Ich wusste sofort, wer dahintersteckte. Mich der Hölle des Bustourismus auszusetzen, konnte nur auf das Konto meiner Ex-Frau gehen, ihre Rache für mein nacheheliches Wiederaufblühen, das ihr nicht entgangen war. Den Gutschein hatte sie vermutlich bei einem ihrer zahlreichen Preisausschreiben gewonnen und an meine Tochter weitergegeben, der dieses Geschenk durchaus gelegen kam, finanzierte ich doch seit dreiundzwanzig Semestern ihr Psychologiestudium.

Ich hatte gute Lust, die Reise abzulehnen. Doch meine Tochter würde dies, wie überhaupt jeden Anflug von Kritik, in den falschen Hals bekommen und ihre nächste Krise ansteuern, was mich zwei weitere Semester kosten würde. Noch immer war an den Abschluss ihres Studiums nicht zu denken. So eine Tochter zu haben, ist nicht immer einfach, bei ihrer Mutter aber auch keine Überraschung.

Dieses Geschenk brachte aber noch ein weiteres Problem mit sich: Venedig war seit zwei Monaten ein hochriskanter Ort für mich, wovon meine Tochter allerdings ebenso wenig wissen konnte wie von jener Frau, der ich dies zu verdanken hatte.

Sie hieß Mara. Eine abgedrehte, zehn Jahre jüngere Frau, die mich wollte, ohne es zu wollen. Das klingt kompliziert und das war es auch, dennoch brach mit ihr ein ungeahnter Frühling über mich herein. Ich kannte nichts Vergleichbares. Mara balancierte mit ihrer Euphorie permanent am Rande eines Nervenzusammenbruchs, dazu ihr skandalumwitterter Ehemann Boris Schultze, ein Baron aus der Baubranche. Ein halbes Jahr lang trafen wir uns in permanenter Sorge, entdeckt zu werden. Seit ich wusste, in welchen Kreisen Schultze verkehrte, verschwand ich nachts regelmäßig als Leiche in irgendeiner Betonverschalung, um morgens dann schweißgebadet aufzuwachen. Mara indes hielt große Stücke auf ihre Ehe, während sie gleichzeitig alles tat, um unsere Affäre auf Temperatur zu halten. Dennoch zweifelte ich keine Sekunde daran, dass sie irgendwann wieder aus meinem Leben verschwinden würde, was auch Vorteile mit sich brächte - kein Mensch in meinem Alter hält so einen Frühling lange durch. Ständig drängte Mara darauf, mit mir allein zu sein, um ein bislang verborgenes Wesen in ihr zu ergründen, wie sie sich ausdrückte. In mir erkannte sie die Chance zur Vervollkommnung ihrer Seele, die mitten in ihrem Unterleib zu wohnen schien, um dort bislang nicht entdeckte Leidenschaften zu entfachen. Sie war derart hingerissen von mir, dass ich mich fragte, ob ich bislang etwas an mir verpasst hatte. Was genau Mara in meine Arme trieb, wusste ich nicht, vermutlich war es etwas, das ihrem Mann fehlte. Boris Schultze hatte einen massigen Körper mit schrankwandbreiten Schultern, auf denen übergangslos ein Kopf saß, der an Stalin erinnerte und auch sonst keinerlei Sympathien weckte. Ihm wurde vieles nachgesagt, von Intelligenz oder gar Charakter war dabei jedoch nie die Rede. Dennoch bestand Mara darauf, diesen Mann zu lieben.

Alles an ihr war widersprüchlich und leicht entflammbar. Die Heimlichkeit unserer Treffen entfachte jenes Feuer, das sie mit einer Reise nach Venedig weiter anschüren wollte. Das Ziel begründete sie damit, dass ihr Mann dort keine Bauprojekte habe, was sich aber als Irrtum herausstellen sollte, weshalb unsere Affäre nach fünf gemeinsamen Tagen in Venedig filmreif endete.

Vier Wochen später sah ich Mara in der Zeitung abgebildet, neben ihrem Mann stehend, es ging um die Reportage über dessen Bauprojekt auf dem Lido. Sie wirkte bedrückt, doch ich hatte mich halbwegs von ihr gelöst und kein Verlangen mehr, sie zu sehen. Per Post erhielt ich noch zwei Briefe von ihr, die ich beide ungeöffnet verbrannte. Und weitere vier Wochen später nun dieses Geschenk meiner Tochter. Also fuhr ich, ihr zuliebe, mit einer Reisegruppe erneut nach Venedig.

Im Bus saß eine junge Frau neben mir. Es kam mir gelegen, dass sie kein Wort mit mir sprach, dazu hätte ihr auch schlicht die Zeit gefehlt, da sie pausenlos mit ihrem Smartphone schrieb oder telefonierte und dabei verkündete, auf dem Weg nach Venedig zu sein, um zu chillen. Diesen Ausdruck kannte ich von meiner Tochter, auch sie chillte viel, vorzugsweise an der Uni. Diese Generation schien kaum noch etwas Anderes zu tun als zu chillen, und was ich so mitbekam, mussten sie sich selbst vom Chillen noch erholen, vermutlich die letzte Stufe vor dem Herz-stillstand. Da konnte ein Studium schon mal etwas länger dauern.

Ich sah aus dem Busfenster und hing meinen Gedanken nach, die unweigerlich in Richtung Mara und unserem ve-nezianischen Aufenthalt vor zwei Monaten strebten.

Mara hatte ihrem Mann vorgelogen, dass sie sich dort mit einer Freundin treffen würde. Diese existierte tatsäch-lich, sie hatten sich schon mehrmals gegenseitig Alibis ver-schafft. Von ihr kam auch der Tipp, ein abgelegenes Hotel auf dem Lido zu wählen. Anfangs wagte es Mara kaum, diese Insel zu verlassen. So waren wir viel am Strand un-terwegs und ich schleppte sie zum Areal rund um das alt-ehrwürdige *Hotel de Bains*, wo Viscontis *Der Tod in Venedig* gedreht worden war. Zu meinem Bedauern wurde es ge-rade umgebaut. Mara, die weder Film noch Regisseur, ja noch nicht mal Thomas Mann kannte, drängte es zuneh-mend zu den Boutiquen im Zentrum von Venedig. So wagten wir am dritten Tag, den Lido zu verlassen und das Vaporetto nach San Marco zu nehmen.

Auf dem Markusplatz angekommen, spürte ich ihr Ver-langen, ausgerechnet hier, vor Tausenden von Touristen, den Neigungen ihrer Seele nachzugeben. Ihre Wangen röteten sich und sie begann, rascher zu atmen, nichts hätte sie in diesem Moment dringender gebraucht als die Fähigkeit zu chillen. Sie lenkte sich ab, indem sie allerlei Kram kaufte, den ich ihr in Plastiktüten hinterhertrug. Ihre angestaute Energie entlud sich schließlich in der Nacht, keine Ahnung, wie oft ich mir solche Belastungen noch zumuten durfte.

Am nächsten Tag wirkte Mara ausgeglichener. Wieder nahmen wir das Vaporetto, fuhren den Canale Grande ab und erkundeten shoppend das überfüllte Murano. Mittlerweile war eine gewisse Einseitigkeit ihrer Interessen nicht mehr zu leugnen. Ich steuerte gegen und lotste sie zu architektonischen Sehenswürdigkeiten, die sie sich gelangweilt von mir zeigen ließ. Danach standen wieder ihre Boutiquen auf dem Plan.

Am vorletzten Tag fuhren wir gerade auf dem Canale Grande, als Mara völlig unvermittelt vom Vaporetto sprang und zu einer nahen Gondel schwamm, wo man ihr aus dem Wasser half. Sie sah sich kein einziges Mal um, als dürfe niemand sie erkennen, auch wenn ihr spektakulärer Abgang von allen neugierig verfolgt wurde.

In der Gondel reichte man ihr eine Decke, mit der sie sich komplett verhüllte. Der Gondolieri steuerte sein Gefährt weiter, bis man es in einem Seitenkanal verschwinden sah. Ich hatte mich nach ihrem Sprung möglichst unauffällig benommen und mich in die hinterste Ecke des Vaporettos verdrückt, denn es gab keinen Zweifel, dass ihr Verhalten in irgendeiner Weise mit ihrem Mann zu tun haben musste, dessen Betonverschalungen ich nach wie vor fürchten musste.

Das Vaporetto entfernte sich vom Ort des Geschehens und an der nächsten Station stieg ich aus. Sie würde sich wohl trockene Kleidung beschaffen und dann irgendwann ins Hotel kommen. Doch sie tauchte nicht mehr auf, vielmehr hatte sie sich aus dem Staub gemacht, ohne mir eine Nachricht zu hinterlassen und auf dem Handy war sie nicht zu erreichen. Am Abreisetag rief mich jene Freundin an, die ihr das Alibi verschafft hatte. In unpersönlichem Tonfall riet sie mir, den Venedig-Aufenthalt samt Mara zu vergessen, es hätten sich bedrohliche Umstände ergeben, die hinzunehmen in meinem eigenen Interesse lägen. So hatte das mit Mara vor zwei Monaten geendet.

Gedankenversunken starrte ich noch immer aus dem Busfenster, als plötzlich der Kopf der jungen Frau neben mir sanft auf meine Schulter fiel. Dabei erwachte sie und lächelte verlegen. „Overchilled?", fragte ich nach, worauf sie aber nicht reagierte.

Bei einer längeren Pause hinter Innsbruck begutachtete ich die beiden hinter mir sitzenden Männer, die sich bereits seit Stunden unterhalten hatten. Einer besaß eine tiefe Stimme und einen riesigen Schnauzbart, der andere war ein nordischer Typ mit Glatze, der hochdeutsch sprach. Als der Bus auf die Brennerautobahn einfädelte, begann der Glatzköpfige von einem Vorfall zu berichten, den sein Bruder diesen Sommer in Venedig erlebt habe. Er sei auf Gondeltour gewesen, als auf dem Canale Grande plötzlich eine Frau aus einem nahen Vaporetto gesprungen sei, die sein Bruder dann aus dem Wasser in die Gondel gezogen habe. Der Gondolieri habe ihr eine Decke gegeben, mit der sie sich komplett bedeckt habe. Es sei eine deutsche Touristin gewesen, vielleicht Anfang Vierzig, die vorgab, verfolgt zu werden. Der Gondoliere setzte sie in der Nähe einer Polizeistation ab, wo sie sich bedankte und verschwand.

Ich hörte ungläubig zu. Alles sprach dafür, dass es sich um Mara handeln musste, es war unwahrscheinlich, dass ständig deutsche Frauen aus Vaporettos sprangen.

Der Nordische hinter mir fuhr fort:

„Vier Wochen später rief mich mein Bruder an, dass er die Frau in der Zeitung wiedererkannt hätte. Er mailte mir das Bild und jetzt stell dir vor: es war die Frau vom Chef!"

„Die Alte vom Schultze? Echt?", staunte der Schnauzbart, „aber warum sollte seine flotte Mara in den Canale Grande springen?"

„Wenn sie mit ihrem Mann gereist wäre, könnte ich es verstehen, vor dem kann ja man nur flüchten. Aber der Chef war zu der Zeit in Polen."

„Lotte, Schultzes Sekretärin, weiß doch immer alles. Ich geh mal zu ihr", kündigte der Schnauzbart an und stand auf.

Da nahm die junge Frau neben mir die Ohrhörer heraus und fragte nach hinten:

„Die Alte vom Schultze ist in den Canale Grande ge-sprungen? Ist ja voll abgedreht!"

„Sieh mal einer an, bei dem Thema wacht selbst die Praktikantin auf!", antwortete der Norddeutsche.

Sie zeigte den gestreckten Mittelfinger nach hinten und hörte weiter Musik. Ich war völlig durcheinander. Was war das für eine Reisegruppe? War ich etwa in einen Betriebs-ausflug der Baufirma Schultze geraten? Ich kramte die Bu-chungsbetätigung aus meiner Tasche, als Veranstalter stand dort *Traumreisen GmbH* mit Sitz in Hamburg und ein Vertreter dieser Firma hatte beim Besteigen des Busses die Personalien kontrolliert. Zudem waren etliche Mitrei-sende bereits im fortgeschrittenen Rentenalter, aber wo-möglich waren das ehemalige Mitarbeiter von Schultze-Bau? Aber warum sollte meine Tochter mich zu einem Betriebsausflug anmelden? Wusste meine Ex-Frau etwa von meiner Affäre mit Mara?

Nach einer Weile kam der Schnauzbart zurück.

„Lotte wollte zuerst nichts rausrücken, doch ich erzählte ihr das mit deinem Bruder. Dann berichtete sie, dass Mül-ler und Klein, unsere Bauleiter am Lido-Projekt, Mara zu-fällig auf dem Vaporetto erkannt hätten und sie begrüßen wollten. Daraufhin sei sie ins Wasser gesprungen. Müller und Klein sahen noch, wie ihr eine Gondel zu Hilfe kam, und kümmerten sich schließlich nicht weiter darum. Aller-dings haben Sie es nach ihrer Rückkehr dem Chef gesteckt und der muss ausgerastet sein."

„Ich würde einen Hunderter drauf wetten, dass Mara nicht alleine dort war! Logisch, dass sie in Panik verfiel, als Müller und Klein vor ihr auftauchten, und ihr Begleiter machte sich wohl in die Hosen. Egal, was Mara dort mit wem getrieben hat, der Chef wird es rauskriegen. Er hat noch jeden ihrer Liebhaber erwischt."

Ich versuchte, meine Atmung unter Kontrolle zu halten. Wie hatte ich nur so blöd sein können, Maras Briefe nicht zu lesen, sicherlich hatte sie mir darin Warnungen zukommen lassen, um die Aufdeckung unserer Affäre zu verhindern. Und was tat ich? Verbrannte die Briefe und fuhr erneut nach Venedig, und zwar inmitten der Firmenbelegschaft ihres Mannes, der ausgerechnet auf dem Lido, den wir zwei Tage nicht zu verlassen wagten, eine Baustelle hatte! Womöglich sogar das *Hotel des Bains*! Dort konnten diese Typen Klein und Müller uns erkannt haben und vielleicht existierten sogar Fotos von mir!

Die Busfahrt dauerte noch weitere vier Stunden, die junge Frau neben mir schlief wieder ein und es wurde still im Bus. Erst als wir bei Mestre das Festland verließen und über die Lagune zum Busbahnhof auf der Piazzale Roma fuhren, kam wieder Leben in die Reisegesellschaft, selbst die junge Frau neben mir warf erstmals einen Blick aus dem Fenster. Ich nutzte die Chance und fragte sie, ob es eine Kooperation zwischen ihrer Baufirma und der *Traumreisen GmbH* gäbe, was sie bejahte, da deren Chefs Brüder seien und sie daher billig an Resttickets kamen, von denen es dieses Mal viele gab.

Dann stoppte der Bus. Draußen stand eine junge Italienerin mit dem Emblem des Reiseveranstalters und neben ihr ein Mann mit einem Baustellenhelm auf dem Kopf, der die Aufschrift SCHULTZE-BAU trug. Da ertönte hinter mir eine freudige Stimme:

„Da steht Klein, wo hat er denn Müller gelassen?"

Ich erstarrte. Keine Ahnung, ob mich dieser Klein wiedererkennen würde. Ich hatte nach Maras Sprung ins Wasser eine möglichst gleichgültige Pose eingenommen und wie alle anderen ihre Bergung verfolgt. Aber da gab es ja noch unsere Besichtigung des *Hotel des Bains*, wo wir einmal sogar den Bauzaun geöffnet hatten, um in den Garten des Hotels zu kommen. In einem etwas abseitsstehenden Strandhäuschen bedurfte Mara dringend einer seelischen Erlösung, nichts wissend von den Schultze-Bau-Leuten fünfzig Meter weiter. Wenn sie uns dort fotografiert hatten, war ich erledigt. Selbst der Gedanke, immerhin in der Außenverschalung des *Hotel des Bains* zu enden, war wenig tröstlich.

Die junge Frau neben mir betrachtete mich besorgt:

„Kann ich Ihnen helfen? Sie zittern und sind ganz blass."

Ich sah sie an.

„Danke, es geht schon."

Durch das Fenster erkannte ich, wie Klein mit seinem Schultze-Helm alle Ankommenden musterte. Mir wurde übel. Die junge Frau und ich gehörten zu den Letzten im Bus. Sie holte ihren Rucksack vom Gepäckfach, aus dem

90

sie eine Schildmütze und eine Sonnenbrille hervorkramte. Mir kam eine Idee.

„Können Sie mir Ihre Mütze und Sonnenbrille leihen?", fragte ich sie.

Sie sah mich erstaunt an und ich ergänzte:

„Nur für zehn Minuten, ich will nicht erkannt werden."

Dies schien ihr zu gefallen, erstmals kam so etwas wie Leben in ihr Gesicht.

„Sind Sie berühmt?"

Ich antwortete mit einem Kopfnicken.

Sie reichte mir Sonnenbrille und Mütze und lachte, als sie mich so sah:

„Fast wie Clooney."

Wir stiegen aus. Hinter dem Bus passte ich meinen Koffer ab, der eben zur Verladung auf die Fähre in Richtung Lido gebracht wurde. Dem Busfahrer erklärte ich, umdisponiert zu haben und ab sofort auf eigene Faust zu reisen. Er wollte daraufhin die Frau von der *Traumreisen GmbH* heranwinken, doch ich sagte, sie wisse bereits Bescheid. Mit meinem Gepäck lief ich rasch aus dem Blickfeld meiner Reisegruppe, als mir plötzlich jemand auf die Schulter tippte. Ich stieß einen kleinen Schrei aus und drehte mich um. Es war die junge Frau mit Zettel samt Stift. Sie bat mich um ein Autogramm und sagte dann:

„Sie sind ja noch blasser als vorhin. Was ist denn so schlimm daran, erkannt zu werden? Mir würde das gefallen."

Ich lächelte ihr nervös zu, kritzelte etwas Unleserliches auf den Zettel und überreichte ihr die Brille samt Mütze. Als ich ihr dazu noch meine Sonnenbrille schenkte, war sie glücklich. Ich hatte keine Ahnung, für wen mich diese junge Frau hielt.

„Fahren Sie nicht mit uns ins Hotel?", fragte sie neugierig, um sich dann mit der Hand auf die Stirn zu schlagen.

„Aber klar, Sie wohnen sicher im *Danieli*."

Ich nickte und lehnte ihren Wunsch nach einem Selfie ab, was sie akzeptierte und lächelnd verschwand.

Nach einer halben Stunde wagte ich mich mit meinem Gepäck hinüber zum Bahnhof Santa Lucia, wo ich einen Zug nach Rom nahm. Trotz der vielen Baustellen dort sah ich kein einziges Schild von Schultze-Bau. Meiner Tochter gegenüber schwärmte ich danach vom italienischen *Dolce Vita* und musste damit nicht mal lügen.

Ein halbes Jahr später sah ich Mara zufällig wieder. Sie saß telefonierend auf einer Parkbank und sah mich an. Ich lief an ihr vorbei, sie folgte mir und wir endeten im *Hilton*. Mein Hausarzt bescheinigte mir letzte Woche eine robuste Konstitution, mit der ich Maras Ambitionen noch eine Zeitlang gewachsen sein würde. Außerdem kann ich nicht leugnen, dass Betonverschalungen mittlerweile anziehend auf mich wirken. Schultze-Bau operiert weltweit. Global gesehen also gute Aussichten.

Napoleon

Mein jüngerer Bruder Tom war immer schon seltsam und ein unbeliebtes Kind auf den Spielplätzen unseres Viertels. Wo immer er in den Sandkästen spielte, fehlten danach Kuchenförmchen, Schaufelchen und was sonst noch alles dort herumlag. Man konnte ihn jedoch nie bei etwas ertappen, obwohl er von allen Müttern - außer unserer eigenen - misstrauisch beäugt wurde. Selbst mir verriet er nicht, wo er das ganze Zeug hortete. Mutter ignorierte die Anfeindungen der anderen, indem sie auf dem Spielplatz ihrer Kreuzworträtselleidenschaft nachging. Sie ahnte, was für ein frühreifes, mit semikrimineller Energie ausgestattetes Kind sie da großzog, umso mehr liebte sie ihn. Dabei hatte er - aber davon wusste nur ich - eine heimliche Leiche im Keller, die mit seiner Schildkröte Napoleon zusammenhing.

„Aus Tom wird mal was ganz Großes.", verteidigte sie die Sandkastenvorkommnisse unserem Vater gegenüber, der ihren Optimismus als unheilvoll empfand. Vater war über mehrere Ecken mit dem Franz-Josef-Strauß-Clan verwandt, eine Schande, die er nie überwand. Allein die Vorstellung, womöglich einen weiteren Politiker gezeugt zu haben, schlug ihm schwer auf den Magen. Hätte er damals gewusst, dass es mit Tom noch schlimmer kommen würde, er hätte sich wohl erschossen. Aber vorerst galt es, dessen Pubertät zu überleben. Die Tom angelasteten Delikte wurden zunehmend brisanter, doch noch hielt das

Jugendstrafrecht seine milde Hand über ihn, so wie er die seine über Napoleon, dem einzigen Lebewesen, dem er so etwas wie Sympathie entgegenbrachte.

Dass er in der Schule unbeliebt war, bekümmerte Mutter nicht. Er machte ein glänzendes Abitur und absolvierte noch vor dem Studium eine Ausbildung bei einer Bank, bei der er danach bis hoch in den Frankfurter Vorstand eine glänzende Karriere hinlegte. Alles dazu Nötige hatte er bereits im Sandkasten gelernt. Dass er dabei immer im Reinen mit sich selbst blieb, hatte er Mutter zu verdanken, die ihn vergötterte und Vaters Bemühungen, ihr das Sorgerecht zu entziehen, geschickt zu verhindern wusste. Dass Vater damals nicht zur Pistole griff, hing wohl damit zusammen, dass er sich nicht entscheiden konnte, wen er erschießen sollte. Später, als Tom mit den Großen in der Politik zu tun hatte, kam ihm dessen Personenschutz in die Quere, weshalb er beschloss, sich am besten selbst zu erschießen. Doch Mutter hatte ihm schon Jahre zuvor die scharfe Munition durch Platzpatronen ersetzt, was er erst bemerkte, als er abdrückte und das erhoffte Leben nach dem Tod dem davor erschreckend glich. Mutter kam nach dem Knall in sein Zimmer und meinte, er solle gründlich lüften, sonst bliebe der Schussgestank in den Tapeten hängen.

Tom interessierte sich nie für die Dramen, die er daheim auslöste, so wie ihn auch nie interessierte, wer aus dem Vorstand der Bank ihn hochgehen ließ. Ihm war alles, von Napoleon abgesehen, erschreckend gleichgültig. Doch dass Mutter die Tagesschau mit dem Skandalbeitrag über ihn nicht überlebte, nahm er ihr ziemlich übel. Sie hatte vor dem Fernseher sitzend nach Atem gerungen, während Vater sofort seine Chance erkannte und jede Hilfe unterließ. Röchelnd verfolgte sie Toms Verhaftung in seiner Villa im Odenwald, die er mitten in ein Naturschutzgebiet bauen durfte und wo sie sich immer wohl gefühlt hatte. Sie starb noch vor den Lottozahlen. Vater gab danach an, im Keller beschäftigt gewesen zu sein und nichts bemerkt zu haben. Ihr Herz war schon länger altersschwach gewesen, aber dieser Tatsache hatte Tom ebenso wenig Bedeutung beigemessen wie jener, mit einem einzigen Telefonat mehrere milliardenschwere Pensionsfonds in den Abgrund getrieben zu haben, um einen bankinternen Rivalen zu ruinieren, was ihm schließlich einer aus dem Vorstand übelnahm.

Auf die spätere Frage einer Journalistin, wie es sich anfühle, die Ersparnisse zehntausender Menschen zu vernichten, antwortete Tom mit dem Satz: „Wie früher im Sandkasten." Dazu lächelte er.

Im Rahmen der Ermittlungen kamen dann auch die obligatorischen Steuervergehen ans Licht, weshalb Tom schließlich in Untersuchungshaft kam, was Vater, inzwischen wieder in Besitz scharfer Munition, an der Umsetzung seines Entschlusses hinderte, den missratenen Sohn endgültig beiseite zu schaffen.

Ich besuchte Tom in der Haft, nur um ihm auszurichten, was Vater mir aufgetragen hatte, nämliche übelste

Verwünschung bis hin zur Beulenpest. Tom sah mich abwesend an und erkundigte sich nach Napoleon. Ich fragte, ob er nichts Anderes zu erwidern hätte. Nein, habe er nicht, er wolle lediglich wissen, wie es Napoleon ginge und ob ich ihn bei meinem nächsten Besuch mitbringen könne. Ich erwiderte, ihn kein zweites Mal zu besuchen. Erneut fragte er:

„Wie geht es Napoleon"

Unsere Eltern hatten seine Schildkröte auf Korsika gefangen und nach Deutschland geschmuggelt, da war Tom neun Jahre alt. Vater baute ein kleines Gehege und sie wurde auf Drängen unserer damals schon größenwahnsinnigen Mutter Napoleon getauft. Er war, wie sich bei einem Tierarztbesuch herausstellte, ein Weibchen, weswegen Mutter darauf drängte, ihn mit einem Männchen zusammenzubringen, um auf Nachwuchs hoffen zu können. Mein bester Freund Peter, er saß in der Schule damals neben mir, besaß so ein Schildkrötenmännchen und laut seinen Eltern hatte es die letzten zwanzig Jahre unbehelligt von Weibchen verbracht, weswegen man ihm die Abwechslung einmütig gönnte. Auch mein Freund Peter war damit einverstanden. Drei Tage und drei Nächte dauerte diese von einer beeindruckenden Langsamkeit geprägte Orgie, die dem entwöhnten Männchen aber offenbar zu viel abverlangte, denn am vierten Morgen lag es tot neben Napoleon. Mutter entschied, dass ich selbst Peter darüber informieren müsse, da sie Kreuzworträtsel zu lösen habe. So überbrachte ich an ihrer Stelle die Todesnachricht.

Als Vater abends davon erfuhr, verpasste er Mutter eine Ohrfeige, was es zuvor noch nie gegeben hatte. Dann packte er mich und wir fuhren zu Peter, der sich heulend in seinem Zimmer eingesperrt hatte und nicht mehr mein Freund sein wollte. Seiner Mutter gelang es schließlich, ihn an den Tisch zu holen. Mein Vater sagte zu ihm, dass er einen Wunsch frei habe. Peter hörte auf zu weinen und antwortete, er wolle einen Hasen. Vater versprach es ihm. Nach diesem Vorfall begannen sich die Wege von Mutter samt Tom und Vater samt mir zu trennen. Das einzig Verbindende war noch das Warten darauf, ob Napoleon Eier legen würde.

Unterdessen besorgte Vater einen Hasen, den er aber noch einige Wochen bei Napoleon im Käfig halten wollte. Die beiden verstanden sich prächtig und es war dem Hasen zu verdanken, dass wir Napoleons Eier entdeckten. Dieser hatte sie zehn Zentimeter tief vergraben, doch der Hase hatte ihn dabei beobachtet und sie wieder ausgebuddelt. Mutter legte die drei Eier unter ihre Trockenhaube, um ideale Brutbedingungen zu schaffen.

Der Hase kam tags darauf zu Peter, woraufhin er auch wieder mein Freund sein wollte. Die Eier waren jedoch eines Morgens verschwunden. Mutter tobte, Tom heulte und beide warfen sie Vater und mir vor, die Eier umgebracht zu haben. Ich schwieg, wusste es aber besser. Denn ich hatte Tom dabei beobachtet, wie er die Eier aufbrach und in einem davon fündig wurde. Da kam eine winzige Schildkröte zum Vorschein, die er in seine Jackentasche steckte und in der örtlichen Zoohandlung zu Geld machte. Napoleon schien dies mit feinen Krötenantennen zu spüren, denn nach dem Verschwinden der Eier wurde er ein anderer. Er lebte zurückgezogen unter seinem dicken Panzer und mied den Kontakt zu Tom, der aber so tat, als merke es das nicht. Ich sah ihn damals aus der Zoohandlung kommen und sein Gesichtsausdruck ähnelte jenem, mit dem er mir nun im Besuchsraum gegenübersaß und noch immer auf meine Antwort wartete.

„Napoleon geht es schlecht, er lahmt, ist depressiv und drängt auffallend in Richtung Straße. Vater erwägt Sterbehilfe."

„Das kann er nicht machen!", sagte Tom laut.

„Doch, das kann er. Und er macht es sogar gerne, sozusagen dir zuliebe."

Damit stand ich auf und ging.

Ich fuhr zu Vater und berichtete ihm von dem kurzen Besuch. Dann nickte ich ihm zu und wir nahmen Napoleon, dessen Panzer die letzten Jahre noch gekrümmter wirkte, zumal sein nur noch in manischen Phasen herausschauender Kopf seltsam bedrückt aussah.

Wir fuhren auf einen Rastplatz an der vielbefahrenen Stadtautobahn, setzten ihn am Rand des Seitenstreifens aus und staunten, wie zielsicher und ohne zu zögern er in Richtung Fahrbahn, die er in etwa zehn Minuten erreichen würde, loszog. Wir fuhren zurück nach Hause.

Tom wurde nach drei Jahren aus der Haft entlassen, völlig mittellos, da sein Vermögen im Rahmen des Schadensersatzverfahrens vollständig konfisziert worden war. Seine Bank hatte sich zwar offiziell von ihm distanziert, hielt inoffiziell aber eine Stelle in Amsterdam für ihn bereit, die er jedoch nur zwei Wochen überlebte. In seiner Wohnung fand man mehrere Schildkröten und ein wirres, bereits im Gefängnis begonnenes Manuskript, das allem Anschein eine Napoleon-Biografie zu werden drohte, dessen Vollendung aber von Unbekannten verhindert werden konnte. Vaters Pistole warfen wir danach irgendwo in die Grachten von Amsterdam.

Postmodern

Auf die Spur des Otto van Becken brachte mich meine Verlobte. Van Becken war vor einem Jahr nach Bayern gekommen, um die hiesige Kunstszene zu entstauben, wie er es nannte. Angeblich einer Bremer Handelsdynastie entstammend, erwarb er ein bäuerliches Anwesen bei Ranzenhofen im Allgäu, wo er seine Akademie *Cultura Futura* sowie ein Atelier für ausgewählte Künstler einrichtete. Die Stipendien hierfür vergab er selbst, man durfte mehrere Monate dort leben und sich von ihm in die Postmoderne einführen lassen, was, wenn man seine eigenen Werke kannte, als Drohung aufzufassen war. Es blieb unklar, was genau ihn antrieb, außer dass er nur weibliche Stipendiatinnen akzeptierte und die erste davon meine Verlobte Josefa Schweininger war.

Nach vier Monaten in van Beckens Atelier wurde ihren dort entstandenen Bildern eine Ausstellung gewidmet. Dieser öffentlichkeitswirksame Auftakt von *Cultura Futura* fand in der Betriebskantine des Landmaschinenherstellers Franz Ratzel statt, von dem van Becken den Bauernhof gekauft hatte. Die Pinsel-Schweininger, wie meine Verlobte zu ihrem Leidwesen in Ranzenhofen genannt wurde, hatte das Malen bislang nur als Hobby betrieben und sich über bäuerliche Landschaften rund um ihren geliebten Grünten nicht hinausgewagt. Doch van Beckens postmodernes Gelaber bewirkte bei ihr eine Hinwendung zum Halbabstrakten. In den großflächigen Bildern konnte man nun, wenngleich kubistisch verhunzt, Ratzelsche Trakto-ren oder Mähdrescher vor surrealistischer Bergsilhouette erahnen. Schon immer erforderte das Betrachten ihrer Bil-der ein robustes ästhetisches Gemüt, dieses Manko konnte auch van Becken nicht beheben.

Bei der Vernissage sprach dieser von einer Kreativex-plosion in Richtung *Neue Wilde*, Josefa Schweininger ebne mit ihrem Werk den Weg ins zweiundzwanzigste Jahrhun-dert. Eine erstaunliche Einschätzung, hatte sie doch ledig-lich die gesamte Modellpalette der Ratzelschen Landma-schinenproduktion, welche sechzehn Fabrikate umfasste, mit Acrylfarben auf ebenso viele Leinwände gebannt und dahinter postmodern ihren Grünten gesetzt. Zur Motiv-wahl ist anzumerken, dass Franz Ratzel ihr langjähriger Ju-gendfreund war, auch die *Neue Wilde* kapituliert vor ge-wachsenen Strukturen. Ich liebte Josefa, doch das Stipen-dium hatte sie verändert, unsere geplante Hochzeit im Herbst etwa, zuvor Dauerthema, kam seither nicht mehr zur Sprache, obwohl sie es bis dahin kaum erwarten konnte, ihren Nachnamen loszuwerden. Andererseits war ich über ihren Gesinnungswandel nicht ganz unglücklich, deuteten ihre neuen Bilder doch auf ein mögliches Franz-Ratzel-Revival hin.

Für die Ausstellungsbesucher lag am Kantineneingang eine Hochglanzbroschüre mit Informationen über Josefa, die einige sehr vorteilhafte Portraits von ihr enthielt. Hin-ten, neben dem Getränkeautomaten, hingen weitere Fo-tografien, worauf man sie an ihren Werken arbeiten sah, eine dunkelhaarige Schönheit vor großer Leinwand. Meine Verlobte ist zwar hübsch, doch hier hatte der Fotograf eindeutig nachgeholfen. Dasselbe galt für Josefas künstlerische Vita, die van Becken um etliche, nie stattgefundene Ausstellungen, erweitert hatte, um sie mit der Aura einer tiefgründigen Künstlerin zu umgeben. Ein gewagtes Konzept, denn ein Wort aus Josefas anmutigem Mund und die Aura würde verpuffen wie die Luft aus einem geplatzten Ratzelschen Traktorreifen.

Was Josefas Allgäuer Dialekt anzurichten imstande war, konnte man nur als verheerend bezeichnen. Auch ich brauchte lange, um mich an derartige Laute zu gewöhnen und noch länger, um Josefa überhaupt zu verstehen. Keine Ahnung, wie sie sich mit van Becken verständigte, jedenfalls endete dessen Laudatio nun mit der Ankündigung, dass die Künstlerin selbst heute schweigen werde und stattdessen ihre Bilder sprechen lassen wolle. Das war klug geplant, man durfte gespannt sein, ob Josefa das durchhalten würde. Doch schon bald verschwanden die wenigen ortsfremden Besucher und beendeten damit Josefas wohltuendes Schweigen.

Dass van Becken sie zum Aushängeschild seiner *Cultura Futura* stilisierte, konnte ich mir nur damit erklären, dass Josefa mittlerweile mit ihm schlief. Aber warum malte sie den Ratzelschen Fuhrpark? Diese Acrylkatastrophen konnte dieser ja wohl kaum zu Werbezwecken einsetzen, ohne seine Kunden nachhaltig zu verstören.

So entschloss ich mich, die folgenden Nächte van Beckens Bauernhof zu observieren. Nach Einbruch der Dunkelheit war ich vor Ort, wo ich sogleich auf eine weitere am dortigen Geschehen interessierte Person stieß. Sie hieß Lotte von Lohwald, war die Verlobte van Beckens und entstammte wie er einer alteingesessenen Bremer Handelsfamilie. Man merkte Lotte ihre Herkunft an, die Kleidung, die Art sich auszudrücken, und nicht zuletzt ihr Auto, ein Aston Martin. Sie besaß jene Höflichkeit der Gutsituierten, bei der es mich immer fror, auch wenn sie sich durchaus freundlich gab.

Schnell wurde klar, dass van Becken mit Josefa schlief, ich beschränkte mich auf wenige, aber eindeutige Fotos. Später stieß dann, wie auch in den folgenden Nächten, Franz Ratzel zu ihnen, in der Dreierrunde wurde zum Glück aber nur geredet. Lotte, die sich erstaunlicherweise mehr für diese Gespräche als für die Sexualkontakte ihres Verlobten interessierte, hatte ein spezielles Richtmikrophon dabei, das man auf der Schulter aufsetzte, um zielgerichtet mithören und aufnehmen zu können. Irgendwann fragte ich Lotte, warum sie ihren abtrünnigen Verlobten nicht einfach in die Wüste schicke, doch sie ließ meine Frage unbeantwortet. Nach drei Nächten, die immer ähnlich abliefen, war Lotte dann plötzlich wieder verschwunden.

Die Woche darauf zog Josefa bei mir aus und bei van Becken ein, bis sie irgendwann wieder vor meiner Wohnungstür stand und mich heulend um Verzeihung bat.

Van Becken sei über Nacht verschwunden und am Morgen habe die Polizei samt Steuerfahndung den Bauernhof gestürmt. Nach einem mehrstündigen Verhör, zu dem man einen in Ranzenhofen geborenen Polizisten als Übersetzer hinzuziehen musste, war sie wieder auf freien Fuß gekommen, durfte das Dorf aber nicht verlassen. Ich nahm sie bei mir auf, wartete mit dem Verzeihen jedoch ab. Sie wurde noch mehrmals verhört, konnte aber nichts Erhellendes beitragen, so dass man sie schließlich in Ruhe ließ. Schließlich verzieh ich ihr und wir nahmen unsere Beziehung wieder auf. Als ich eines späten Abends gerade mit ihr schlief, läutete es Sturm. Ich zog mir etwas über und öffnete. Lotte von Lohwald stand mit einer Pistole vor der Tür und wollte das Schwein Otto van Becken sprechen. Ohne eine Antwort abzuwarten, stürmte sie an mir vorbei und durchsuchte mit vorgehaltener Waffe die Wohnung, ich folgte ihr hektisch. Die nackte Josefa in meinem Bett würdigte sie keines Blickes, dafür öffnete sie jede Schranktür und andere mögliche Verstecke, doch weit und breit kein van Becken. Lotte wirkte völlig aufgelöst und stammelte, ihre letzte Hoffnung sei es gewesen, dass er sich bei uns versteckt halte, sie sei in Wahrheit seine Schwester und habe den Auftrag, ihm auf die Finger zu schauen. Nach diesem dreisten Überfall bestand ich nun darauf, die Hintergründe zu erfahren.

Sie steckte die Waffe weg und verzweifelt wie sie war, begann sie zu berichten. Ihr Bruder habe sich letztes Jahr mit einer großen Geldsumme am Kunstmarkt verspekuliert und sei quasi pleite, doch die Eltern wollten ihrem missratenen Künstlersohn nochmals eine Chance geben, wenngleich nicht ohne Hintergedanken, da ihr angehäufter Schwarzgeldbestand dringend der Legalisierung bedurfte. So erhielt er den Auftrag, einige Transaktionen durchzuführen, und zwar im Allgäu, da Lichtenstein oder Luxemburg für diese Zwecke mittlerweile zu riskant seien. Otto sollte in kleinem Rahmen und möglichst diskret vorgehen, und sie, Lotte, hatte ihn dabei zu überwachen. Der Kauf des Bauernhofs als Sitz der Akademie und der Bilderdeal mit dem in die Sache eingeweihten Franz Ratzel sei perfekt von ihr eingefädelt gewesen. Doch ihr Bruder, dieser Künstlerschwachkopf, habe nichts Besseres zu tun gehabt, als seine erste Stipendiatin zu bespringen. Anstatt diese ihren Schrott malen zu lassen, um den dann wie vereinbart diskret und unter der Hand an Ratzel zu verkaufen, machte er eine bescheuerte Ausstellung und vermasselte damit alles. Es sei noch unklar, wer die Steuerfahndung verständigt habe, möglicherweise sogar dieser undurchschaubare Ratzel mit seinen zwielichtigen Kontakten. Sich ihm anvertraut zu haben, war ein Fehler. Jedenfalls flog die Aktion auf, was ihren Bruder veranlasste, mit dem restlichen Schwarzgeld zu verschwinden, was wiederum, wenn die Eltern davon erfuhren, ihr eigenes Ende bedeute. Und das alles wegen der da, zischte Lotte und zeigte auf Josefa, die mittlerweile zu uns gestoßen und beim Zuhören immer blasser geworden war. Zögernd bestätigte Josefa, dass van Becken ihre Gemälde an Ratzel verkaufen wollte, es sei dabei um einen siebenstelligen Betrag gegangen, obwohl ihre Bilder preislich sonst im zweistelligen Bereich lägen. Lotte, die kein Wort verstanden hatte, starrte Josefa merkwürdig an und mutmaßte wohl eine Sprachstörung. Dann hatte sie es plötzlich eilig zu verschwinden, und stellte uns gegenüber unmissverständlich klar, niemals hier gewesen zu sein. Josefa versicherte sofort, sie noch nie gesehen zu haben, was Lotte endgültig verwirrte, offenbar hatte sie dieses Mal jedes Wort verstanden. Schließlich gab sie mir die Hand und verschwand in der Dunkelheit.

Am nächsten Tag fragte uns die Polizei nach Lotte van Becken, doch wir konnten keinerlei sachdienliche Hinweise geben.

Inzwischen ist in Ranzenhofen wieder Ruhe eingekehrt. Irgendwann kam mir zu Ohren, dass man van Becken in Südtirol aufgegriffen habe, nachdem er von Unbekannten komplett ausgeraubt worden sei. Das ging sicher auf Lottes Konto, die damit das entwendete Schwarzgeld in den Schoß der Familie zurückbrachte. Unterdessen hat sich Franz Ratzel seinen Bauernhof, den van Becken ihm zur Geldwäsche abgekauft hatte, bei der Zwangsversteigerung spottbillig zurückgeholt. Auch sonst wirkte er, als liefen seine eigentlichen Geschäfte, zu deren Verschleierung er seine Landmaschinenproduktion überhaupt nur betrieb, blendend. Josefa, deren postmodernes Werk um ein Haar Höchstpreise erzielt hätte, wandte sich nach all der Aufregung malerisch wieder ihrem Lieblingsmotiv zu.

Ich werde sie auf keinen Fall heiraten, da ich sie in letzter Zeit oft bei Ratzel ein- und ausgehen sehe. Womöglich hofft sie doch noch auf den siebenstelligen Bilderdeal und versucht paralell, ihm den Bauernhof abzuschwatzen, um das dortige Atelier zu nutzen. Man darf sie nicht unterschätzen, wirklich treu ist sie nur dem Grünten.

Notartourismus

Die in unserer Familie seit Generationen schwelende kriminelle Energie gelangte mit Onkel Oskar zu ihrer vollen Blüte. Der Erfolg seiner Firma gründete auf einem Geschäftsmodell, das neben Bestechung und Korruption nur wenig Legales zuließ, was ihn rasch zu einem angesehenen und reichen Unternehmer machte.

Mein Vater hingegen, Oskars Bruder, hatte seine vielversprechende Veranlagung bereits mit der Berufswahl vergeigt, saß er doch Tag für Tag in seiner muffigen Amtsstube und bearbeitete Ordnungswidrigkeiten im Straßenverkehr, was ihm nur wenig Nebeneinkünfte bot. Zumal ihm der Erfolg seines Bruders schwer im Magen lag, allein dessen Villa im Grünen ließ unser Reiheneckhaus neben der Stadtautobahn erbärmlich wirken. Auch Mutter ließ keinen Tag vergehen, ohne die finanzielle Schieflage innerhalb der Familie zu beklagen. Zwangsläufig beschloss Vater, dass eines von beiden weg müsse - entweder seine Frau oder die Schieflage. Er entschied sich für Letzteres, den Ausschlag dazu gaben Oskars Söhne Rüdiger und Heinz. Die beiden markierten den Tiefpunkt familiärer Mutation und galten als derart missraten, dass selbst Oskars Frau ihrem Mann nicht mehr widersprach, wenn dieser tobte, man habe besser keinen als einen solchen Nachwuchs. Hier mussten sozusagen beide von beiden weg. Doch es geschah jahrzehntelang nichts in der Richtung, so dass Rüdiger und Heinz ihren Vater in den letzten

Monaten seines Lebens abwechselnd zu allen möglichen Notaren schleppen konnten, um erneut sein Testament zu ändern. Angesichts seines Vermögens machte es einen Unterschied, ob man der Alleinerbe war oder sich mit dem Pflichtteil begnügen musste. Dass Oskar diese Aktionen in stoischer Ruhe über sich ergehen ließ, hatte gute Gründe, er genoss die Abwechslung zum Alltag in der Seniorenresidenz, aus der ihn seine Söhne wegen des bestehenden Hausverbots regelrecht entführen mussten.

Bei einem dieser Notartermine, Rüdiger war gerade im Einsatz, setzte dann Oskars altersschwaches Herz aus, während der Unterschrift entglitt ihm der Füller und hinterließ einen unansehnlichen Strich auf dem Dokument. Der Notar unterbrach die Beurkundung trotz Rüdigers Drängen, die Unterschrift seines leblos im Sessel zusammengesackten Vaters eigenhändig zu vollenden. Doch der Notar blieb hartnäckig und ließ den Notarzt rufen, möglicherweise war sein Mandant ja noch zu retten. Rüdiger überkam Panik angesichts der unvollständigen Unterschrift und schrie:

„Aber der macht doch sowieso keinen Muckser mehr!"
Der Notar blickte ihn schweigend an.

„Wissen Sie was?", schlug Rüdiger vor, „ich vollende die Unterschrift und Sie erhalten das dreifache Honorar."

„Hier gelten besondere Umstände.", wandte der Notar ein, „Ihr Vater hat die letzten Monate wiederholt sein Testament geändert."

„Das Fünffache.", kam als Antwort.

Der Notar sah Rüdiger abwartend an.

„Fünfzigtausend.", keuchte Rüdiger.

Von draußen hörte man die Sirene des Notarztwagens.

„Hunderttausend.".

Nun reichte der Notar ihm ein Formular.

„Was ist das?"

„Die Hunderttausend.", lächelte der Notar.

Rüdiger unterschrieb, während man Schritte näherkommen hörte.

„Das Testament, schnell!"

Der Notar reichte ihm das Schriftstück und Rüdiger vollendete die Unterschrift, die ihn wieder zum Alleinerben machte. Es blieb jedoch der Strich, jenes letzte Lebenszeichen des Vaters.

„Damit ist es rechtskräftig!", triumphierte er.

„Möglicherweise", gab der Notar zu Bedenken, „dieser Strich kann zum Problem werden."

„Aber wofür dann die Hunderttausend?"

Der Notar lächelte wieder und in dem Augenblick betrat der Notarzt den Raum und stellte Oskars Tod fest.

Meine Cousins waren nicht die Einzigen, die es auf Oskars Vermögen abgesehen hatten, schließlich gab es noch meinen Vater und den zu beseitigenden Schiefstand. Irgendwie hatte er es früh geschafft, in Familienangelegenheiten Oskars engster Berater zu werden. Vater bedauerte seinen Bruder wortreich für dessen Nachwuchs, insgeheim aber gönnte er ihm diese missratene Brut und sorgte gleichzeitig dafür, dass ich deren Vertrauen gewann. Da Rüdiger und Heinz keine Freunde hatten, weihten sie mich in all ihre Aktionen ein. Von ihren vielen schlechten Charakterzügen war ihr Neid aufeinander am ausgeprägtesten, seit dem Sandkasten stritten sie sich um alles und jedes.

Während Vater jahrelang mit Geduld Oskars Verwünschungen anhörte und ihm solidarisch zur Seite stand, gab er mir gleichzeitig Tipps, wie ich weiteren Zwiespalt zwischen meinen Cousins säen konnte. Jede von mir provozierte Balgerei meldete ich unverzüglich bei Onkel Oskar, der mich immer dafür lobte. Zufrieden resümierte mein Vater nach unseren Besuchen, dass Oskar sich immer positiver über mich äußere, woraufhin Vater begann, mir Erfolgsprämien auszuzahlen.

Die Pubertät von Rüdiger und Heinz bot ein unerschöpfliches Konfliktpotential, was neue Betätigungsfelder für mich erschloss. So war es beispielsweise einfach, sie dazu zu bringen, sich gegenseitig ihre Freundinnen auszuspannen. Die dazu nötigen Informationen ließ ich ihnen diskret zukommen und musste nie lange auf spektakuläre Aktionen warten. Hierüber setzte ich dann wie üblich Onkel Oskar in Kenntnis, der sich bedankte und resigniert meinen Vater konsultierte, was mir weitere Prämienausschüttungen einbrachte.

Nach dem Abitur begannen wir gleichzeitig mit dem Studium, ich hatte mich für Jura entschieden, meine Cousins studierten BWL und Medizin. Unterdessen entwickelten sich ihre Frauengeschichten mit rasanter Eigendynamik zu einem Selbstläufer, den ich kaum mehr befeuern musste, was ich Vater aber verschwieg, um weiterhin zu kassieren. Nur minimalen Aufwand benötigte etwa die Sache mit Gianna, der italienischen Bedienung im Eiscafé, nach der sie beide verrückt waren. Nach einem Hinweis meinerseits startete eine nächtliche Verfolgungsjagd, bei der Heinz und Rüdiger sich mit ihren Autos gegenseitig von der Straße abzudrängen versuchten. Das Ganze endete im Stadtpark, wo sie im ersten Licht des Tages mit den väterlichen Jagdgewehren wie verrückt aufeinander schossen. Ein Sondereinsatzkommando der Polizei stoppte sie und im Laufe des Vormittags konnte der Leiter der Hundestaffel bestätigen, dass kein Unbeteiligter zu Tode gekommen sei.

Mein Honorar war beträchtlich, und die nun einsetzenden polizeilichen Ermittlungen brachten das Fass endlich zum Überlaufen und sein Ziel in greifbare Nähe: Oskar erwog die Enterbung seiner Söhne, unterstützt von seiner Frau. Diese, entsetzt über den Vorfall im Stadtpark, stellte ihren Söhnen das Ultimatum, binnen sechs Wochen zu heiraten, um dem Spuk mit den Frauengeschichten ein Ende zu setzen. Die Hochzeit habe zur gleichen Stunde und an weit auseinanderliegenden Orten stattzufinden, sonst werde sie mit Vaters Jagdgewehr das vollenden, was sie im Stadtpark nicht geschafft hätten. Nur eine Heirat könne ein Blutbad samt Enterbung verhindern, ließ sie ihre Söhne wissen, leider eine bedauerliche Fehleinschätzung. Das Ganze geriet zu einem Desaster, denn beim Anblick der eilig präsentierten Schwiegertöchter versank die Mutter in dunkle Agonie, aus der sie sich am Tag der Hochzeiten mit einem im Thermomix zubereiteten Cocktail aus Betablockern und Antidepressiva rettete und noch in der Nacht verstarb. Die Beisetzung fand unter Ausschluss der Söhne statt, was diese - auf Druck ihrer Ehefrauen stellten sie ihre Fehde für eine Stunde hintenan - dazu nutzten, im elterlichen Anwesen einzubrechen, um den Schmuck der Verstorbenen zu entwenden.

Onkel Oskar alterte nach diesen Vorkommnissen auffallend rasch, er verkaufte seine Firmen und Immobilien samt der Villa und beriet sich schließlich mit seinem Beraterstab, zu dem ich, mittlerweile zum Notar berufen und von meinem Vater eingeschleust, gehörte. Von den Ergebnissen dieser Zusammenkünfte drang nichts nach außen. Vaters Ziel, das mit den Jahren auch meines geworden war, hatten wir damit erreicht, und bald darauf zog sich Oskar aus dem öffentlichen Leben zurück.

Unterdessen hatte Rüdiger sein BWL-Studium abgebrochen und betrieb zusammen mit seiner chinesischen Frau Chan eine Nagelstudiokette. Heinz wurde Arzt und stieg bei einer Privatklinik für chirurgische Brustästhetik ein, während seine Frau Jacqueline einen Escort-Service mit exotischen Zusatzangeboten leitete. Hier hatte sich die Mutter mit ihren düsteren Vorahnungen nicht geirrt und den Thermomix aus gutem Grund ein letztes Mal angestellt.

Oskars schwindender Lebenswille alarmierte irgendwann die Söhne, sich endgültig um das Erbe zu kümmern. Damit setzte der bereits erwähnte Notartourismus ein, worüber ich meine Notarkollegen rechtzeitig informierte, da in jedes Testament ein unauffälliger Passus mit eingearbeitet werden musste. Meine Kollegen spielten mit und wir machten Witze über Oskar und seinen *Willen der Woche*. Die ständigen Neubeurkundungen brachten üppige Honorare, an denen ich über Provisionen beteiligt war. Kanzleiübergreifend wünschten wir alle Oskar das Erreichen eines biblischen Alters.

Nach Oskars Herzversagen galt Rüdiger dank der gefälschten Unterschrift als Alleinerbe, weshalb er dem Termin beim Nachlassgericht gelassen entgegensah.

Herr Baumbach, der eingesetzte Testamentsvollstrecker, hatte alle sechzehn Notarurkunden der letzten Monate vor sich liegen und bat nun die Söhne, sich zu diesem Umstand zu äußern. Beide beklagten die Unentschlossenheit des Vaters wegen dessen Erbregelung, es sei ihnen mehr als lästig gewesen, seinem ständigen Drängen nach neuerlichen Änderungen nachzukommen, aber wer wolle dem eigenen Vater schon den letzten Wunsch abschlagen? Herr Baumbach erwiderte, dass er anderslautende Informationen vorliegen habe, die auf einen deutlich weniger selbstlosen Hintergrund schließen ließen. Es war Rüdiger, der dem Testamentsvollstrecker daraufhin klarmachte, dass er bezahlt werde, das Testament zu eröffnen und nicht dafür, sie anzuschwärzen, man befinde sich schließlich im Erbrecht, nicht im Strafrecht. Baumbach erwiderte, der Übergang dieser Rechtsgebiete sei fließend und im vorliegenden Fall geradezu dünnflüssig.

Nun nahm er das letzte Testament zur Hand und bemängelte, dass die dortige Unterschrift einen außergewöhnlichen Strich aufweise, was in Anbetracht der Gesamtlage jedoch unwesentlich sei. Triumphierend grinste Rüdiger seinen Bruder an. Dann erläuterte Baumbach das Rechtskonstrukt der vom Vater gegründeten Stiftung, von der die Söhne bislang nichts wussten und die Oskars gesamtes Vermögen umfasse. Die Rechtsform der Stiftung zementiere gleichsam die Ziele des Vaters, sie seien unangreifbar, die sechzehn Testamente mangels Erbmasse hingegen wirkungslos, worauf ein in allen Urkunden vorkommender Passus eindeutig hinweise, wenn auch in nur für Juristen zu durchschauender Form, was den anwesenden Söhnen offensichtlich entgangen sei. Das effektive Nachlassvermögen reduziere sich dadurch auf zwei Briefumschläge, welche er nun überreichen werde.

Leichenblass öffneten Rüdiger und Heinz die Umschläge, in denen sich jeweils ein Zehn-Euro-Schein mitsamt der väterlichen Empfehlung, den Betrag vernünftig anzulegen, befand. Die Stimmung kippte schlagartig ins Bedrohliche und Baumbach drückte den Knopf unter dem Schreibtisch, woraufhin zwei Sicherheitsleute den Raum betraten und die Brüder unmissverständlich des Gebäudes verwiesen.

In der Nacht gab es erneut Schießereien im Stadtpark, deren Urheber aber nie geklärt werden konnte.

Ich traf die beiden einige Jahre später bei der Beerdigung meines Vaters. Mittlerweile war ich Vorstandsvorsitzender von Onkel Oskars Stiftung, gegen die meine Cousins seit Längerem erfolglos prozessierten. Ich hatte mir für das Zusammentreffen Personenschutz organisiert, um meine Ehefrau Chan zu schützen, die Rüdiger nach dessen Enterbung verlassen hatte und zu mir gewechselt war. Auch Heinz war schlecht auf mich zu sprechen, hatte ich doch mit Mitteln aus der Stiftung zwei Journalisten auf seine Brustklinik angesetzt, die bald Unregelmäßigkeiten bei der Qualität seiner Silikonimplantate aufdeckten. Er arbeitete seither beim Escort-Service seiner Frau mit, die ihm tapfer zur Seite gestanden hatte und ihre Ex-Schwägerin Chan bei jeder Gelegenheit als treulose Schlampe bezeichnete.

Chans florierende Nagelstudiokette haben wir an einen chinesischen Investor verkauft und damit Onkel Oskars ehemalige Villa zurückerworben, was mir Heinz und Rüdiger übelnahmen, da ich den Südflügel davon nun für teures Geld an die Stiftung vermietete.

Was soll ich dazu sagen, Onkel Oskar hat mich halt immer schon mehr gemocht als seine Söhne.

Dennoch habe ich kein sorgenfreies Leben, da Rüdiger seit Neuestem versucht, mir meine Frau Chan wieder auszuspannen, Erfahrung in diesem Metier hat er ja. Dass ich Chan letztens zufällig mit Heinz und Jaqueline sitzen sah, gab mir zu denken. Neulich brachte sie mir eine ungewöhnliche Fischspezialität mit. Vorsichtshalber verfütterte ich es an unsere Katze, die Chan am nächsten Morgen tot im Garten fand. Mir scheint, da braut sich etwas zusammen.

Daher sollte ich Onkel Oskars Anliegen, dass es seinen Nachwuchs besser nie gegeben hätte, respektieren. Diese Welt braucht weder einen Rüdiger und noch einen Heinz. Ich werde mir für diese Aufgabe jemanden suchen müssen, mit Erfolgsprämien kenne ich mich ja aus.

Gudrun

Ich brauchte einen Moment, bis ich sie wiedererkannte, doch zweifellos, vor mir stand Gudrun Bühl. Obwohl ich gerade meine Mittagspause beenden und zurück zur Arbeit wollte, lud ich sie spontan zum Kaffee ein. Wir hatten uns vor fünfundzwanzig Jahren das letzte Mal gesehen, die Abschlussfeier der Hochschule ging damals bis in den frühen Morgen. Es war eine laue Sommernacht, ich spielte brasilianische Musik auf der Gitarre, während Gudruns Kopf an meiner Schulter lehnte. Bei Tagesanbruch landeten wir im benachbarten Park, wo wir miteinander schliefen. Es blieb bei dem einen Mal.

Wir hatten etliche Seminare zusammen belegt, die Bücher von Nooteboom und Mulisch bewundert, viel Zeit miteinander verbracht, es jedoch nie gewagt, uns ernsthaft anzunähern. Beide waren wir gebunden - sie verheiratet mit einem wesentlich älteren Mann und ich seit Jahrhunderten mit meiner Jugendliebe zusammen.

Gudrun nippte an ihrem Kaffee und rühmte meine mittlerweile ergrauten Haare, sie habe immer schon auf alte Männer gestanden. Dann hätte ich ja endlich eine Chance bei ihr, erwiderte ich und sie meinte, die hätte ich immer schon gehabt, trotz ihrer Ehe, doch ich und meine Freundin seien seit dem Sandkasten liiert gewesen, aus dieser Nummer wäre ich damals nie rausgekommen. Dabei lachte sie und da tauchte es wieder auf, dieses unvergleichliche Strahlen in ihren Augen.

Ich antwortete, dass meine Ex-Frau mittlerweile vier Kinder mit einem anderen Mann habe, zum Glück sei ich damals rechtzeitig abgesprungen, was Gudrun sofort anzweifelte. Verlegen gab ich zu, dass sie damals von einem anderen Mann schwanger geworden sei, ausgerechnet ein Brasilianer, weshalb auch meine Gitarre seit Jahren unangerührt im Koffer liege.

Gudrun sah mich nachdenklich an und meinte, mit ihr hätte ich es besser gehabt. Der Satz ging mir durch und durch. Ich fragte sie nach ihrem Mann, der doch schon weit über Achtzig sein müsse und erfuhr, dass er vor zwei Jahren gestorben war.

In dem Augenblick trat ein Arbeitskollege von mir an den Tisch und wunderte sich, mich um diese Zeit noch im Café anzutreffen. An Gudrun gewandt meinte er, man könne normalerweise die Uhr nach mir stellen, sie solle mich nicht aus dem Rhythmus bringen, das vertrage weder ich noch meine Abteilung. So etwas habe sie schon geahnt, gab Gudrun lächelnd zurück.

Der Kollege verschwand und ich machte ihr ein Kompliment zu ihrem guten Aussehen, was sie mit einem Hinweis auf meinen ausgeprägten Bauch leider nicht erwiderte. Gut gelaunt begann sie dann über die Zeit nach dem Studium zu reden und wollte schließlich wissen, wie es mir ergangen war. So saßen wir noch über eine Stunde.

Ich kam erst um halb drei zurück ins Büro, wo bereits Fahndungsplakate mit meinem Foto hingen, man ging von einer Entführung aus. Kurz vor Dienstschluss tauchten die Kollegen auf und wir feierten meine Rückkehr mit zwei Flaschen Prosecco.

Danach verließ ich angetrunken das Büro, setzte mich in den Bus und fuhr zu meiner Wohnung. In dem Haus gab es sechs Parteien, allesamt Eigentümer und strikt auf Sauberkeit und Ordnung bedacht. Unter mir wohnte ein Schriftsteller, der am penibelsten von allen die Hausordnung befolgte, er war da noch akkurater als ich. Vor meiner Tür im zweiten Stock standen etliche Umzugskarton sowie drei Koffer. Auf einem davon saß Gudrun und strahlte mich an, dass sie nun hier sei, wie vereinbart. Ich stutzte. Wir hatten lediglich unsere Handynummern getauscht, von einem weiteren Treffen war keine Rede gewesen. Ihr Erscheinen brachte mich völlig durcheinander, spontane Aktionen liegen mir nicht so. Ich öffnete die Tür und kurz darauf hatte sie alle Kartons im Flur gestapelt, die Koffer ins Wohnzimmer gerollt und sich dort mit der Bitte um einen Latte Macchiato auf dem Sofa niedergelassen. Sie sah sich um und lobte meine Wohnung.

Aufgeregt ging ich in die Küche. Was wollte Gudrun? Mich besuchen? Mitsamt ihrem Hausrat? Um dort weiterzumachen, wo es vor fünfundzwanzig Jahren im Stadtpark geendet hatte? Mein Herz schlug wie wild, da ich mich bereits wieder ein wenig in sie verliebt hatte, auch wenn ihr Tempo mich überforderte, da half selbst die Restwirkung des Proseccos nichts.

Ich holte Milch aus dem Kühlschrank, drückte beim Kaffeeautomaten auf den entsprechenden Knopf und versuchte, einen klaren Gedanken zu fassen. Warum konnte ich mich nicht einfach freuen, diese Frau wieder getroffen und nun bei mir in der Wohnung zu haben, wo sie allem Anschein nach auch übernachten würde. Gudruns Temperament war legendär, was ihr Mann wohl nicht allzu lange durchgehalten hatte. Ständig musste man mit Überraschungen bei ihr rechnen, ob ich dem gewachsen sein würde? Der Kaffeeautomat röchelte, ich stellte das Glas mit dem Latte Macchiato auf die Seite, säuberte beide Düsen und ließ etwas Druckluft durch, damit sie nicht verstopften. Da bin ich penibel.

Im Wohnzimmer inspizierte Gudrun gerade meinen dürftigen Bücherbestand. Sie fragte, wo unsere Holländer von damals seien und ob ich nicht nur mit der Gitarre, sondern auch mit dem Lesen aufgehört habe. Ich gab vor, irgendwann ausgemistet zu haben, doch in Wahrheit hatte ich die Lebendigkeit in diesen Büchern nicht mehr ertragen, bei all meinem Elend, beruflich und privat. Ah, die Entdeckung der Leere, witzelte sie und trank ihren Latte Macchiato.

Ich beobachtete sie, was noch immer eine Freude war, ihr halblanges schwarzes Haar, die funkelnden Augen und das Muttermal auf ihrer linken Wange. Sie schwieg, und obwohl eigentlich eine Erklärung von ihr fällig war, schien ihr im Moment nichts ferner zu liegen als irgendetwas zu erklären, im Gegenteil, nun erkundigte sie sich, ob ich ein

Auto hätte und ob sie es kurz ausleihen dürfe, nur für ein paar Stunden.

Ich hatte nichts dagegen und gab ihr den Schlüssel. Bei der Gelegenheit bat sie auch um jene für die Wohnung. Ich erklärte ihr das Öffnen der Tiefgarage und den Standort meines Autos. Sie verschwand kurz im Bad, gab mir zum Abschied einen Kuss auf den Mund, hauchte mir *Bis heute Nacht* ins Ohr und eilte davon.

Irgendwann gegen zehn Uhr fiel mir ein, dass ich nach ihrer Rückkehr möglicherweise Präservative brauchen würde. Ich suchte im Medizinschrank und fand eine ungeöffnete Packung, deren Haltbarkeitsdatum bereits vor vier Jahren abgelaufen war, was mich kurz mit meinem Elend hadern ließ, bevor ich entschied, dass die Dinger noch brauchbar waren. Von Gudrun gab es noch kein Lebenszeichen, obwohl sie bereits über vier Stunden weg war. Ich rief sie an, doch ihr Handy war ausgeschaltet. Gegen Mitternacht ging ich ins Bett, brauchte aber noch über eine Stunde, bis ich mich dazu durchgerungen hatte, in Boxershorts zu schlafen. Das wäre plausibel für jede denkbare Richtung, die ihre Rückkehr nehmen würde. Gegen drei Uhr nachts sah ich das letzte Mal auf den Wecker, dann musste ich eingeschlafen sein. Als ich eine Stunde später von einem lauten Geräusch erwachte, sah ich Licht im Flur. Ich stand auf, um sie zu begrüßen, da hörte ich mehrere Männerstimmen und schwere Schritte, die im Treppenhaus auf- und ab stampften, bis schließlich

Ruhe einkehrte. Gudrun schlug die Wohnungstür zu und ging ins Bad, wo ich sie duschen hörte, was, zusammen mit dem Lärm im Treppenhaus, sicher bei der nächsten Eigentümerversammlung zur Sprache kommen würde. Die nächtliche Ruhe im Haus war heilig.

Ich legte mich zurück ins Bett und tat so, als ob ich schliefe. Kurz darauf schlüpfte sie nackt zu mir ins Bett und zeigte sich erkenntlich für das Ausleihen des Autos. Es ging alles ziemlich schnell, die Präservative blieben unangetastet. Danach legte sie sich auf ihre Seite und schlief sofort ein. Ich fühlte mich entspannt wie seit Jahren nicht mehr und fiel in einen tiefen Schlaf, aus dem ich wie üblich eine Minute vor dem Wecker erwachte, um leise aufzustehen. Gudrun sollte in aller Ruhe ausschlafen. Im Flur sah ich, dass ihre Umzugskarton verschwunden waren, nur die Koffer, von denen einer geöffnet war, standen noch im Wohnzimmer.

Nach dem Duschen frühstückte ich und dachte an unseren Liebesakt, der bei Tage besehen wenig Erhebendes hatte, aber das Ungestüme war meinem ausgehungerten Zustand geschuldet. Bei aller Verheißung, die ihr Einzug für mich bedeutete, war ich auch irgendwie besorgt, ohne es begründen zu können. Ich hinterließ ihr einen Zettel auf dem Küchentisch, dass sie es sich gemütlich machen solle.

Als ich am Abend von der Arbeit kam, duftete es in der ganzen Wohnung nach Essen. Gudrun stand in der Küche und war damit beschäftigt, mehrere Töpfe und den Backofen im Blick zu behalten. Sie strahlte mich an und meinte, in einer halben Stunde gäbe es Abendessen, ich bräuchte nichts weiter zu tun, außer sie sofort zu küssen. Lässig bekleidet und mit umgehängter Kochschürze stand sie in meiner Küche und hantierte mit allen möglichen Pfannen. Ich konnte kaum glauben, dass Gudrun offenbar vorhatte, mit mir zu leben. Die Koffer im Wohnzimmer waren leer und ein Blick in meinen bisher nur halbvollen Schlafzimmerschrank bestätigte, dass sie ihre Sachen dort eingeräumt hatte. Allmählich gewöhnte ich mich an den Gedanken, quasi über Mittag an eine klasse Frau gekommen zu sein, in die ich mich ein zweites Mal verliebt hatte und der es offenbar genauso ging. Ich dankte dem Himmel für dieses Geschenk, das zwar spät, aber noch rechtzeitig kam, schließlich waren wir beide erst Ende Vierzig.

Das Essen schmeckte vorzüglich, Gudrun hatte dazu eine der teuersten Flaschen aus meinem Weinkeller geholt. Von ihrem verstorbenen Mann habe sie viel über Wein gelernt, weshalb mein Keller ein Grund mehr sei, bei mir zu bleiben. Dann küsste sie mich und holte den Nachtisch.

Danach legte ich mich auf Sofa, während sie darauf bestand, die Küche zu machen. Ich wähnte mich wie im Traum, wenn Gudrun das so beibehielt, wäre ich in einem Jahr kugelrund.

Sie drängte nun in Richtung Bett, obwohl es erst halb zehn war. Wir liebten uns zweimal hintereinander, und danach schlief ich sofort ein, ich hatte noch Schlaf nachzuholen.

Um halb drei erwachte ich alleine im Bett. Schlaftrunken stand ich auf und suchte Gudrun, doch die Wohnung war leer. Auch der Autoschlüssel fehlte. Sie hatte offensichtlich wieder etwas zu erledigen. Ich trank ein Glas Wasser und legte mich erneut hin, ohne mir große Gedanken zu machen.

Als morgens der Wecker klingelte, lag sie wieder neben mir. Ich machte mich fertig und verließ die Wohnung. Der Abgang zu den Kellerräumen war deutlich verschmutzt, so ging ich die Treppe hinunter, wo die Spuren vor meinem Kellerabteil endeten. Ich öffnete es und erschrak. Alles stand voll mit Kartons, andere als neulich.

Verwirrt fuhr ich ins Büro und versuchte, mich zu konzentrieren. Ich würde Gudrun heute Abend zur Rede stellen, was sie da eigentlich trieb und warum sie mich nicht einweihte. Ich steigerte mich richtiggehend in das Problem hinein und arbeitete unkonzentriert.

Am Abend stand ein vorbereitetes Essen auf dem Tisch und daneben lag ein Zettel, dass sie bald käme, um mich zu verwöhnen, unterdessen solle ich es mir schmecken lassen. Natürlich fehlte der Autoschlüssel. Ich blieb die ganze Nacht wach, doch sie kam nicht. Angeschlagen ging ich morgens ins Büro und arbeitete ähnlich zerstreut wie am Vortag, sicherlich unterliefen mir etliche Fehler. Möglicherweise endeten Gudruns Aktionen ja bald und wir würden ganz normal zusammenwohnen, dann konnte ich mit ein paar Überstunden die Fehler suchen und korrigieren.

Wieder zuhause, ging ich zuerst in den Keller, der erneut leergeräumt war. An der Kellertür hing ein Zettel, worauf man mich mit klaren Worten aufforderte, den Lärm und Dreck der letzten Tage und Nächte unverzüglich einzustellen. Außerdem könne dieses Auto unmöglich in der Tiefgarage stehen bleiben. Ich ging hinüber und sah auf meinem Stellplatz einen uralten Ford Transit mit bulgarischem Kennzeichen stehen, der an der Frontseite einen beträchtlichen Schaden aufwies, während sich darunter eine Öllache ausbreitete.

Auf dem Weg nach oben duftete es schon im Treppenhaus. Gudrun kam mir strahlend entgegen und wollte mich küssen, doch ich wehrte sie ab und fragte, woher diese Schrottkiste in der Tiefgarage käme und was sie nächtelang mit meinem Auto anstelle. Sie winkte ab und meinte, sie wolle mich nicht mit den letzten Erbangelegenheiten ihrer Ehe belästigen, sie räume das von ihrem Mann geerbte Haus und da würde ihr eine bulgarische Umzugsfirma helfen. In einer Woche sei alles vorbei, dann könne sie das Haus verkaufen und sich an unseren Lebenshaltungskosten beteiligen, so ich sie nicht zuvor hinauswerfen würde. Ihr offener Blick beruhigte mich, ihre Antwort klang plausibel. Dennoch erkundigte ich mich nach meinem Auto. Sie erklärte, dass man einen neuen Transporter hole, der alte tue es nach einem Auffahrunfall nicht mehr richtig, man sei morgen früh aber wieder zurück. Demnach war mein Auto in Bulgarien, gefahren von wildfremden Leuten. Sie bemerkte meine Skepsis und meinte, ich solle mir keinen Kopf machen, das seien zuverlässige Leute. Sobald der neue Transporter da sei, werde der alte abgeschleppt und die letzten Möbel aus ihrem Haus mitgenommen, dann seien wir endlich alleine. Während ihrer Erklärungen hatte sie mich mehrmals Liebling genannt und gab mir nun einen Kuss.

Das mit dem Auto passte mir zwar nicht, doch sollte ich deswegen einen Streit mit ihr beginnen, zumal sie bereits ihre Bluse aufknöpfte? Ich beschloss, ihr eine Woche Zeit zu geben, um die Sache zu beenden und entkleidete mich ebenfalls. In dieser Nacht lag sie die ganze Zeit neben mir und stand sogar mit auf, um das Frühstück zuzubereiten. Bei der Arbeit kam an diesem Tag ein neues Projekt, auf das ich angesetzt wurde. Das bisherige sollte jemand anderes fertigmachen, was mir wegen den vermuteten Fehlern unangenehm war.

So saß ich antriebslos an der neuen Sache, als es klopfte. Herein kam ein Mann mit auffallend hoher Stirn und einem missgelaunten Blick, der sich als Privatdetektiv vorstellte und gleich zur Sache kam, indem er mich nach einer Frau namens Gudrun Bühl fragte.

Mir schwante nichts Gutes. Ich ließ mir Zeit und erinnerte mich dann vage an eine Kommilitonin im Studium gleichen Namens, was aber schon ewig her sei. Er hakte nach, ob ich sie seither nicht mehr gesehen habe, was ich bestätigte und dann wissen wollte, was überhaupt los sei. Ihr Mann suche sie, antwortete er, woraufhin ich spontan fragte, warum der noch lebe. Er meinte, es gebe öfters Menschen, die Achtzig werden. Was das alles mit mir zu tun haben soll, wollte ich nun wissen, woraufhin er behauptete, man habe Gudrun Bühl mit meinem Auto fahren sehen. Unmöglich, entfuhr es mir, doch da zog er ein Foto aus seiner Jackentasche, darauf mein Auto, mein Kennzeichen und Gudrun hinter dem Steuer. Der Mann sah mich an und sagte, Gudrun solle zu ihrem Mann zurückkehren, das sei alles. Ich versprach ihm, es ihr auszurichten, sollte ich ihr irgendwann begegnen, erhob mich und hielt die Bürotür auf, doch er rührte sich nicht vom Fleck, sondern wies stattdessen darauf hin, noch andere Fotos zu haben, auf denen Umstände zu sehen seien, in die man das eigene Auto nur ungern verwickelt wissen wolle. Welche Fotos, hakte ich nach, doch er stellte klar, dass ich diese erst erhalten würde, wenn Gudrun zurück sei. Damit verließ er mein Büro.

An Arbeit war nicht mehr zu denken. Meine Hände zitterten, ich schwitzte und das neue Projekt auf meinem Bildschirm verschwamm vor meinen Augen. Ich musste sofort mit Gudrun reden, warf mir die Jacke über und rannte zur Bushaltestelle. Aus Sorge, beschattet zu werden, wechselte ich drei Mal den Bus, bis ich in der Wohnung ankam, wo ich irgendein neues Chaos erwartete.

Doch Gudrun lag auf dem Sofa, las ein Buch und war erstaunt, mich zu sehen. Sie fragte, ob ich etwa schon wieder wolle und versuchte mich dabei aufs Sofa ziehen. Doch ich wich zurück und sagte ihr, dass ihr Mann noch lebe, was sie sehr überraschte. So berichtete ich von dem Besuch des Privatdetektivs und dessen Forderung nach ihrer Rückkehr. Ob sie sich etwa zu ihrem Mann ins Grab legen solle, spottete sie, griff nach ihrem Handy und zeigte mir ein Bild, auf dem der Privatdetektiv zu sehen war. Ob er das gewesen sei, fragte sie, was ich bestätigte. Dann sei ja alles gut, sie kümmere sich darum, er würde uns nicht weiter belästigen.

Trotzdem meinte ich einen besorgten Unterton in ihrer Stimme zu hören. Sie stand auf, strich mir über den Kopf und verschwand kurz. Mit einem Umschlag in der Hand kam sie zurück und zeigte mir die Sterbeurkunde ihres Mannes und den Erbschein vom Nachlassgericht, beides mit Siegel und Unterschriften versehen. Ich glaubte ihr, wollte aber wissen, wer dieser Privatdetektiv sei. Sie berichtete, dass ihr Mann einige nicht ganz unumstrittene Sammlerstücke besessen habe, deren Verkauf man ihr nicht gönne. Ich solle ihr noch ein paar Tage Zeit geben, dann sei alles erledigt und wir hätten endlich Ruhe.

Damit zog sie mich ins Schlafzimmer, wo sie mich neuerlich verwöhnte, während ich doch offiziell im Dienst war. Trotzdem blieb ich liegen und wir verbrachten den restlichen Tag damit, Pläne zu schmieden. Ich fühlte mich wie im Himmel, wollten wir doch ans Meer fahren um alles nachzuholen, was wir das Vierteljahrhundert ohne uns verpasst hatten. Sicherlich würde ich bei der Arbeit um diese vier Wochen Urlaub kämpfen müssen. Gudrun blieb die ganze Nacht über bei mir, langsam wichen meine Zweifel und ich vertraute darauf, dass ihre Aktionen bald ein Ende finden würden.

Am nächsten Morgen erschien ich bestens gelaunt bei der Arbeit und musste gleich zum Chef. Es gab Probleme wegen meinen fehlerhaften Ergebnissen, die man bereits entdeckt hatte. Mir was es gleichgültig, ich lächelte die ganze Zeit und bekam zu hören, dass man diese Nachlässigkeit kein weiteres Mal dulde. Außerdem hätte ich gestern Morgen unerlaubt mein Büro verlassen, obwohl das neue Projekt äußerst dringlich sei. Wenn ich dies nicht ernster nähme, werde man gezwungen sein, trotz meiner langjährigen Mitarbeit Konsequenzen zu ziehen. Dass ich da immer noch lächelte, kam nicht gut an.

Am Abend nach dem Essen kündigte Gudrun an, dass sie in der Nacht die letzte Fuhre zu erledigen habe. Sie komme erst am folgenden Abend zurück, doch dann sei alles geregelt, der Lieferwagen auf meinem Stellplatz verschwunden und das Treppenhaus wieder blitzblank sauber, schließlich wolle sie sich mit allen im Haus gut stellen, da sie fortan hier leben werde. Ich fühlte mich wie ein Löwe. Später bei ihrem Weggang küsste sie mich lange, nahm meine Autoschlüssel und sagte, dass ich an sie glauben solle, egal, was auch geschehe, alles werde gut.

Tags darauf gab es erneut Ärger im Büro, da ich mit dem neuen Projekt praktisch noch nicht begonnen hatte. Man überreichte mir eine Abmahnung, die ich vergnügt entgegennahm und sogleich den Antrag für unseren Sommerurlaub stellte. So fassungslos hatte ich meinen Chef noch nie erlebt. Ich lächelte ihm aufmunternd zu und ging in mein Büro.

In der Mittagspause kamen Kollegen und fragten, was los sei. Ich gab zu, dass mein berufliches Interesse derzeit begrenzt sei, da mein Leben sich gerade in einen Vulkan verwandle. Sie warnten mich, es gäbe bereits Pläne, meine Stelle mit einem anderen zu besetzen. Ich lachte darüber, auch wenn mir doch etwas mulmig dabei wurde.

Kurz darauf klopfte es erneut an meiner Bürotür und ein etwa achtzigjähriger Mann kam herein. Kaum saß er, fragte er nach Gudrun, die verschwunden sei, weshalb er sie suche. Ich fragte ihn, ob er ihr Mann sei, was er mit einem müden „sozusagen" halbherzig bejahte. Waren Gudruns Dokumente etwa gefälscht? Ich erkundigte mich nun, was genau er wolle und es kam das gleiche - Gudrun solle zu ihrem Mann zurückkehren. Ob er sich selbst damit meine, hakte ich nach, was er mit einem Schulterzucken offenließ. Ich versprach, ein gutes Wort für ihn einzulegen, was ihm zu genügen schien, jedenfalls bedankte er sich und verabschiedete sich mit der Bemerkung, dass man bei Gudrun nie wisse, woran mit ihr sei. Dies sei zermürbend für alle, egal ob verheiratet, geschieden oder so wie er, verstorben. Ich solle mich hüten, diesem Kreis jemals anzugehören, ein unbehelligtes Leben sei sonst nicht möglich.

Bis Feierabend saß ich regungslos am Schreibtisch und versuchte, meine Gedanken zu ordnen, was in Anbetracht der neuesten Informationen aber unmöglich war. Trotzdem spürte ich den Impuls, um Gudrun zu kämpfen, so eine Frau sollte mir keiner mehr abspenstig machen.

Da sie noch bis Mitternacht unterwegs sein würde, holte ich mir auf dem Nachhauseweg eine Pizza und freute mich an der Vorstellung, dass sie künftig kochen und mich auch sonst verwöhnen würde.

Den Abend verbrachte ich ungeduldig im Bademantel, denn ich wollte sie bei ihrer Rückkehr nackt empfangen, um den Beginn unseres entspannten Lebens zu feiern. Um kurz vor zwölf hörte ich Schritte im Treppenhaus und zog den Bademantel aus. Es läutete. Ich mutmaßte, dass sie gerade keine Hand frei hatte und öffnete. Draußen stand jedoch nicht Gudrun, sondern ein Sondereinsatzkommando der Polizei, das mich, nackt wie ich war, auf den Boden warf und mir Handschellen anlegte. Dann zog man mir den Bademantel über und eine Kommissarin teilte mir mit, dass ich wegen Hehlerei und Kunstraub verhaftet sei und sie zum Revier begleiten dürfe. Da ich mit Untersuchungshaft rechnen müsse, solle ich mir noch ein paar

Dinge einpacken, auch wenn ich für diese Nacht offensichtlich anderes vorgehabt hätte.

Die Beweise waren erdrückend. Man hatte alles dokumentiert, noch nie sah ich so viele Fotos von meinem Auto, dazu Gudruns bulgarische Helfer in allen Details. Sie selbst aber war auf keinem einzigen davon zu sehen. Man konfrontierte mich auch mit den Aussagen meiner Hausbewohner, die letztlich alle der Wahrheit entsprachen und mich schwer belasteten. Selbst meinen Keller hatte die Polizei mit Hilfe unseres Hausmeisters betreten, Gudruns Kartons geöffnet und deren Inhalt, sorgfältig eingepackte Reliquien aus osteuropäischen Kirchen und Museen, Stück für Stück dokumentiert. So erfuhr ich von den kriminellen Machenschaften, in die Gudruns Mann verwickelt war, bis er vor zwei Jahren auf mysteriöse Weise tot aufgefunden worden war, die Staatsanwaltschaft hatte den Fall als ungeklärt zur Seite gelegt.

Ich blieb bis zum Prozess in Haft. Der Anwalt, den ich mir genommen hatte, war entsetzt über meine Gutgläubigkeit bezüglich Gudrun. Von ihr fehlte unterdessen jede Spur.

Die zweijährige Haftstrafe nutzte ich, um alle Romane unserer niederländischen Schriftsteller zu lesen. Das Klima unter den Insassen machte mir zwar zu schaffen, doch man ließ mich weitgehend in Ruhe. Ich traf dort öfters den Mann mit der hohen Stirn, der mich als angeblicher Privatdetektiv aufgesucht hatte. Bei meinem Anblick wirkte er noch übler gelaunt als damals. Ich fragte ihn, warum er hier sei. Aus dem gleichen Grund wie ich, antwortete er und fügte hinzu, nur dass er im Gegensatz zu mir bereits mit Gudrun verlobt gewesen sei, was ihm zum Verhängnis wurde. Als ich ihm von dem achtzigjährigen Untoten berichtete, murmelte er „*also noch einer*" und sah mich deprimiert an.

Zwei Monate vor meiner Entlassung bekam ich Besuch von einer mir unbekannten Frau. Sie brachte das neueste Buch von Nooteboom mit und deutete eine darinstehende Botschaft an. Zurück in meiner Zelle fand ich Gudruns Nachricht. Sie warte auf mich, da sie alle Aktionen erfolgreich abgeschlossen habe und sich darauf freue, mich für die leider unvermeidliche Inhaftierung zu entschädigen, es werde mir gutgehen bei ihr. Zu gegebener Zeit würde ich alles dazu Nötige erhalten.

Die Zeit bis zu meiner Entlassung verging daraufhin wie im Flug und genau damit begann auch mein erster Tag in Freiheit. Gudrun holte mich am Flughafen von Puerto Rico ab. Um unsere Spuren zu verwischen, reisten wir per Schiff, einem weiteren Flugzeug und schließlich per Bahn weiter, bis wir nach drei Tagen in ihrem neuen Haus in Brasilien ankamen. Sie sagte, ich bräuchte nichts weiter zu tun, außer sie sofort zu lieben, was ich in dem lichtdurch-fluteten Schlafzimmer dann tat. Mein Zustand ließ ohnehin keine Verzögerung zu, so verbrachten wir Stunden damit, meine Rückkehr zu feiern.

Am nächsten Tag zeigte sie mir meine neue Heimat Bahia de Salvador, wo wir künftig leben würden. Die Stadt war sehr schön, fast so schön wie Gudrun.

Wieder im Haus, schenkte sie mir eine Gitarre. Sie habe mein Spiel in bester Erinnerung und wenn ich nun schon in Brasilien sei, könne ich doch wieder damit anfangen, so wie auch sie nach einigen Wochen wieder damit anfing, nachts wegzubleiben. Sie meinte, es gäbe noch allerletzte Dinge zu erledigen.

Frühmorgens sah ich gelegentlich Kleinlaster mit kolumbianischen Kennzeichen vor dem Haus stehen, und alle paar Wochen gab es unschöne Szenen mit der örtlichen Drogenfahndung, die jedoch immer unverrichteter Dinge wieder abziehen musste. Mir war es egal. Denn ich würde Gudrun weder heiraten, noch mich mit ihr verloben noch jemals sterben. Wenn ich mich vor all dem hütete, würden wir ein erfülltes Leben führen. Außerdem übte ich viel und hatte nach einigen Monaten wieder mein altes Können auf der Gitarre erreicht, woraufhin ich begann, in den Strandcafés mit einheimischen Musikern zu spielen. Oft saß Gudrun neben mir, legte ihren Kopf an meine Schulter oder himmelte mich an.

Dass wir gelegentlich versteckt fotografiert wurden und aus Bogota alarmierende Nachrichten bei ihr eintrafen, nahm ich nur am Rande wahr. Gudrun würde es schon richten, auch wenn sie dafür immer mal wieder Nachtschichten einlegen musste. Das war der Preis dafür, an ihrer Seite unsterblich zu bleiben.

Schäufeles Taifunbeutel

Tante Ida besaß ein Geschäftshaus in der Stuttgarter Innenstadt, dessen Erdgeschoß sie an die Konditorei Schäufele vermietet hatte. Deren Buttersahneprodukte galten als Krönung feinbäckerischer Kunst, wobei Tante Ida den althergebrachten Windbeutel und dessen schwere Ausführung, den Taifunbeutel, bevorzugte. Sie war alleinstehend und durchaus vermögend, so dass niemand die Mengen, welche sie davon verschlang, zu hinterfragen wagte. Schäufeles Schlemmereien wirkten sich euphorisierend auf ihre Stimmung, doch verheerend auf die Gesundheit aus. Den Warnungen ihres Arztes Dr. Schüttle schenkte sie jedoch ebenso wenig Glauben wie dessen Märchen, dass sich die Unmengen an Butter, Sahne und Palmöl direkt an ihren Arterienwänden verkeilen und dort Barrikaden errichten würden mit dem Ziel, ihre Blutzirkulation zum Erliegen zu bringen. Sie konnte Schüttle und seine Schwarzmalereien nicht mehr hören.

Tante Ida hatte weder Kinder noch einen Mann, auch wenn sie in diesem Zusammenhang gelegentlich Konditor Schäufele ins Spiel brachte, den sie zu jeder Gelegenheit in den Himmel lobte. Das Verschlingen seiner Leckereien hatte für sie etwas erotisch Ausschweifendes, gesteigert noch durch den Eierlikör, der bei ihr nie fehlen durfte.
Seit Tante Ida sich wegen irgendeiner Lappalie mit der gesamten Verwandtschaft überworfen hatte, war nur ich, ihr Neffe, geblieben. Bei meinen Besuchen verköstigte sie

mich regelmäßig mit den Taifunbeuteln und reichte dazu süße Liköre. Meist war sie schon angetrunken, ein Zustand, der, wie sie fröhlich betonte, jeden Mann außer Schäufele entbehrlich mache. Ihr Eierlikörkonsum lag deutlich über den empfohlenen Mengen und inspirierte ihren Konditor zu ausgefallenen Likörkreationen, die jedoch wenig nachgefragt wurden. So musste Tante Ida beträchtliche Mindestabnahmemengen hinnehmen, damit Schäufele deren Produktion anwarf. Auch wenn sie mich bei den Besuchen damit vollstopfte, waren diese Massen kaum zu schaffen und da bei ihr nichts weggeworfen wurde, aß sie bald nichts anderes mehr. Gelegentlich kamen wir bei unseren Treffen auf meine berufliche Situation zu sprechen, wo sie mir wiederholt empfahl, beim Likörhersteller Verpoorten zu arbeiten. Was dessen Umsätze angehe, könne man sie, Tante Ida, durchaus als systemrelevant bezeichnen, so etwas gebe es nämlich nicht nur in der Bankenbranche. Tante Ida las täglich Zeitung und interpretierte das Gelesene je nach Eierlikörpegel mehr oder weniger abenteuerlich. Zudem war sie damals noch überzeugt, hundert Jahre alt zu werden, so dass der Umsatzeinbruch, den ihr Tod bei Verpoorten fraglos bewirken würde, bereits in meine Rentenzeit fiele. Mit ihrer Stellenempfehlung wurde es nichts, aber immerhin schaffte ich es in die Zuliefererbranche für Bäcker und Konditoren.

Ihre Ernährung blieb derweil mit den Jahren nicht ohne Folgen, sie wurde zunehmend breiter und das Bewegen fiel ihr schwerer. Doch sie blieb frohgemut und amüsierte sich über Dr. Schüttles Prognose, wonach ihr Blutkreislauf wegen unpassierbarer Arterien bald seinen Betrieb einstellen werde, so sie nicht aufhöre, sich ausschließlich von diesem Zeug zu ernähren. Sie versuchte, Schüttle zu beruhigen und pries dabei ihre Weitsicht, an Schäufele vermietet zu haben. Sollte sie nämlich ihre Wohnung irgendwann nicht mehr verlassen können, bringe dieser ihre Bestellungen einfach einen Stock höher und sorge dabei gleichzeitig für Eierlikör-Nachschub. Dass es hierzu dann schon bald kam, nahm sie ebenso gelassen wie kurz darauf die Notwendigkeit, in eine Seniorenresidenz ziehen zu müssen, wo ihre Ernährung auf Dr. Schüttles Anweisung komplett umgestellt werden sollte. Sie akzeptierte dies klaglos, womit die Zeit anbrach, in der ich täglich Schäufeles Ware in ihr Zimmer schmuggeln und die Schonkost, welche man ihr zumutete, verschwinden lassen musste, meistens aß ich sie selbst. Das ging ein knappes halbes Jahr, dann war Schluss. Ihr Herz hatte es nicht mehr geschafft, auch nur ein Rinnsal an Blut durch ihre Gefäße zu pumpen. Immerhin hatte es robuste sechsundsiebzig Jahre lang durchgehalten.

Man fand sie mit zufrieden verklärtem Gesichtsausdruck und etwas Buttercreme auf ihrer Bluse. Natürlich entdeckte man den Eierlikörvorrat sowie neun frische Schäufelsche Taifunbeutel. Es hagelte Vorwürfe gegen mich, doch ich verwies vehement auf den freien Willen meiner Tante.

Ich hatte mich nun fast dreißig Jahre um sie gekümmert, was wohl der Grund war, dass sie mich zu ihrem Alleinerben auserkoren hatte. Mit dem Geld auf ihrem Sparbuch bezahlte ich das Begräbnis und das von ihr geerbte Stadthaus würde ich künftig selbst bewohnen.

Zudem tauchte der Schlüssel für ein Bankschließfach auf. Darin fand ich Anteilscheine der Verpoorten-GmbH und die Abschrift eines Notarvertrags. Tante Ida hatte die Konditorei Schäufele irgendwann gekauft.

Es wird sich zeigen, ob Verpoorten oder auch Schäufele Umsatzprobleme durch Tante Idas Ausfall bekommen werden. In diesem Fall wären neue systemrelevante Kunden notwendig. Zur Not muss ich meine Ernährung umstellen.

Sommer 1983

Im August 1983, inmitten der Hitze des damaligen Jahrhundertsommers, zogen mein alter Freund Tommy und ich in das kleine Haus von Frau Brenner. Draußen hatte es vierzig Grad im Schatten und locker das Doppelte im Obergeschoss, wohin wir unsere Trödelmarktmöbel schleppen mussten. Als Krönung der Plagerei erwies sich der Wohnzimmerschrank aus Eichenholz, den wir nassgeschwitzt auf jeder Treppenstufe absetzen mussten und dabei die Wüstenkamele beneideten, die aus ihren Höckern quasi trinken konnten, ohne dabei zu trinken. Als der Schrank endlich oben war, genehmigten wir uns erst mal eimerweise Wasser aus dem Hahn.

Frau Brenner hatte Mieter gesucht, weil sie in ihrem Alter nicht mehr alleine wohnen wollte. Tommy und ich überzeugten sie mit unserem jugendlichen Charme und der Unbekümmertheit, mit der wir von unserer Geldnot erzählten, die Verzögerungen bei der Mietzahlung durchaus wahrscheinlich machte. Sie brauchte das Geld nicht, wichtiger war ihr, nachts zwei Männer im Haus zu haben, da in der Gegend immer wieder eingebrochen wurde.

Wir waren beide Dreiundzwanzig, hatten das Abitur in der Tasche und den Zivildienst hinter uns. Die nun überfällige Berufsfindung zog sich seit mittlerweile zwei Jahren hin, was unsere Eltern dazu bewog, den Geldhahn zuzudrehen. Empört zogen wir jeweils von Zuhause aus und bei

Frau Brenner ein. Die erste Miete, dreihundert Mark, bezahlten wir in bar, was wir meiner Freundin Clara zu verdanken hatten, die als frisch examinierte Krankenschwester arbeitete und entsprechend flüssig war. So verschafften wir uns vier Wochen Luft bis zur nächsten Miete. Luft, die wir dringend benötigten.

Tommy wollte Kunst studieren und arbeitete permanent bis tief in die Nacht an seiner Mappe, mit der er sich an Kunstakademien bewarb. Obwohl er seit zwei Jahren nichts Anderes tat, war das Ergebnis spärlich. Er betonte, auf Originalität zu setzen, doch wenn man an den Akademien zu blöd sei, dies zu erkennen, sei das deren Problem. Mit diesem Argument kommentierte er die eingehenden Absagen, die er mir aber nie zeigte.

Tommy stand meist gegen Mittag auf, machte sich eine Kanne Kaffee und holte dann im Erdgeschoss die Zeitung von Frau Brenner, um bei den Kleinanzeigen nach Aushilfstätigkeiten zu suchen. Meist wurde es Nachmittag, bis er sich zu einem Anruf aufraffen konnte, doch die Jobs waren immer schon weg, was ihn aber nie dazu bewog, früher aufzustehen.

Ich hingegen unterrichtete einige Gitarrenschüler und trat mit meiner Rockband auf, was aber zu wenig Geld einbrachte, um meinen alten Fiat Panda, dessen ständigen Reparaturen mich ruinierten, fahrbereit zu halten. Immer wieder musste Clara aushelfen, was unsere Beziehung zunehmend belastete. Sie möge mich, beteuerte sie, bewundere auch meine Lässigkeit auf der Bühne, doch sie könne nicht auf Dauer mein Leben finanzieren. Ich wandte ein, dass sie von meinem Auto profitiere, wenn ich sie gelegentlich frühmorgens von der Nachtschicht abhole. Sie lachte und meinte, dass ich das doch nur dann machen würde, wenn mein Tank leer sei. Ihr Profit bestehe darin, meine Benzinrechnungen zu bezahlen. Ich widersprach ihr nicht, denn zum einen lag sie damit nicht falsch und zum anderen wollte ich weiterhin mit ihr schlafen, was sie aber nur zuließ, wenn wir uns nicht stritten. Ich beneidete sie um ihre berufliche Zielstrebigkeit, dank der sie mit Einundzwanzig schon ihr eigenes Geld verdiente. Eine Zielstrebigkeit, die mir völlig abging, was ich auf einen Gendefekt oder unerforschten Erbfaktor zurückführte, jedenfalls etwas Ernstes, das mich daran hinderte, einen Beruf zu finden.

Tommy hingegen wusste genau, was er wollte. Bei ihm lag das Problem nicht an den Genen, sondern am Berufsziel. Als Künstler ein Leben außerhalb des Prekären zu führen, war nahezu unmöglich. Schuld daran trug natürlich die Kunstszene, in der keiner das in ihm brodelnde Potential erkannte. Die machen sich alle in die Hose, wenn sie etwas Neues zu sehen bekommen, und dieses Neue verkörpere nun mal er, lautete sein Standardkommentar. Er hatte etliche solcher Sprüche drauf, die er auch ständig im *Goldenen Mohren* vom Stapel ließ und den dort herumlungernden Trinkern auf die Nerven ging. Wir dagegen konnten uns nächtelang über unsere unverschuldeten Notlagen austauschen, da verstanden wir uns prächtig.

Frau Brenners Haus war ideal für uns, auch wenn die Wohnbereiche nicht voneinander abgetrennt waren. Das offene Treppenhaus erlaubte intime Einblicke in das jeweils andere Stockwerk. Dies nützte vor allem Tommys heißgeliebte Katze, die er *Niki de Saint Muschi* nannte, ein Künstlerwitz, den niemand verstand. Seine Katze hatte freien Zugang im gesamten Haus, mit Ausnahme meines Zimmers. Ich konnte sie nämlich nicht ausstehen, was dieses Viech schon in der ersten Woche unmissverständlich zu spüren bekommen hatte. Seither ergriff sie bei meinem Anblick die Flucht. Auch Frau Brenner war nicht sonderlich begeistert über die Katze, während meine Freundin sie vergötterte. Immer wenn Clara auf Besuch kam, lag das Viech auf ihrem Schoß. Aus Geldmangel fütterte Tommy sie mit Speiseresten aus dem *Goldenen Mohren*, was, wie er zugab, verdauungstechnisch riskant, finanziell aber alternativlos war. Ich selbst hatte es immer vermieden, in dieser heruntergekommenen Kneipe etwas zu essen. Wenn ich mit Tommy gelegentlich dort absackte, trank ich wegen der fragwürdigen Hygiene dort ausschließlich Hochprozentiges. Tommy kannte den Koch vom Zivildienst, den er in der medizinischen Abteilung einer Justizvollzugsanstalt gemacht hatte. Boris, so hieß der Koch, saß zu jener Zeit dort ein, er war ein ehemaliger Waffenschieber und hatte inzwischen zur Pharmaziemafia gewechselt. Im großen Rahmen würden dort die Verpackungen abgelaufener Medikamente durch neue mit längerer Haltbarkeit ersetzt und dann in Drittländer verhökert, nur die verfärbten oder bereits zerbröselten Tabletten wurden diskret entsorgt, ein Job, den Boris innehatte. Dieser sortierte zuvor die Psychopharmaka aus und verwendete sie dann in pulverisierter Konsistenz beim Kochen, weshalb die Gäste im *Goldenen Mohren* immer gut drauf waren. Die Auswirkungen dieser hochdosierten Essensreste auf seine Katze blieben unklar, Tommy sprach von einem vernachlässigbaren Restrisiko. Ich nahm ihm die Geschichte sowieso nicht ab, zumindest nicht bis zu jenem Vormittag, an dem uns Frau Brenner zu sich nach unten rief.

Die Wände ihres Flurs waren bis auf Hüfthöhe verwüstet, Tapetenfetzen bedeckten den Teppichboden und als Krönung lagen vor ihrer Küchentür, großflächig verteilt, mehrere übelriechende Katzenhaufen. Ich warf Tommy einen wütenden Blick zu. Die Katze war immer schon ein Streitpunkt zwischen uns und seit er beobachtet hatte, wie ich in der Hauseinfahrt gezielt versucht hatte, sie zu überfahren, war die Stimmung angeknackst. Leider hatte ich das Viech nie erwischt.

Frau Brenner war äußerst ungehalten und forderte, dass die Katze sofort zu verschwinden habe, sie dulde dieses psychotische Tier nicht länger in ihrem Haus. Tommy blickte sie entsetzt an, während ich versprach, dass sie morgen weg sei. Tommy brüllte mich an, dass ich kein Recht hätte, über seine Katze zu bestimmen. Ich entgegnete, dass Frau Brenner aber das Recht auf eine unverkackte Wohnung habe und er, anstatt hier zu stänkern, besser beginnen solle, die Wand zu renovieren, so er überhaupt Geld für eine Ersatztapete habe.

Frau Brenner meinte, sie habe noch zwei Rollen davon im Keller, so dass wir nichts ausgeben müssten. Sie blieb beim Thema Geld und wies Tommy darauf hin, dass der Monatserste zwölf Tage her sei, auf ihrem Konto seien aber nur meine einhundertfünfzig Mark eingegangen, sein Mietanteil stehe dagegen noch aus. Zuerst solle er aber ihren Küchenzugang säubern und zwar gründlich.

Schweigend liefen wir die Treppe hoch. Tommy schnappte sich eine Rolle Klopapier und stapfte zurück nach unten. Ich rief ihm nach, dass er damit nicht weit komme, doch er schwieg. Wenn er beleidigt war, machte er zu. Bei unserem Einzug war ich auf ein Stoffknäuel gestoßen, vermutlich ein alter Wischmob oder etwas in der Art, jedenfalls warf ich es in die Mülltonne. Als er am Abend seinen überquellenden Aschenbecher dorthin kippte, entdeckte er das Teil, bei dem es sich um ein zentrales Kunstwerk seiner Bewerbungsmappe handelte, wie er mich anbrüllte. Es bestand aus wahllos ausgesuchten Stoff- und Lederfetzen und sei *das* Symbol für die Zerrissenheit dieser Welt. Er sprach zwei Tage lang kein Wort mehr mit mir.

Ich folgte ihm nun mit heißem Wasser samt Zitrusreiniger nach unten und half beim Saubermachen. Jetzt hätte ich sein beleidigtes Schweigen vorgezogen, denn er fluchte unentwegt auf den *Goldenen Mohren*, denen er die Lebensmittelüberwachung auf den Hals schicken werde. Keiner aus diesem Scheißladen habe sich je bei ihm, Tommy, bedankt, dass er ihnen ihren kontaminierten Fraß, der eigentlich als Sondermüll hätte entsorgt werden müssen, monatelang abgenommen habe. Mir ging sein Gejammer auf die Nerven, zumal ich die Säuberungsaktion inzwischen alleine durchführte, während er mit dem Reiniger in der Hand untätig danebenstand. Nach einer Stunde war der Boden wieder sauber und es roch im ganzen Haus nach Zitrone. Frau Brenner hatte unterdessen damit begonnen, die Tapete abzukratzen und verkündete, dass man die gesamte Wand bis zur Decke neu tapezieren müsse, nicht nur das zerfetzte untere Drittel.

Tommy bedauerte, dass er jetzt einen wichtigen Fototermin habe, den er unmöglich platzen lassen könne und verschwand. Frau Brenner sah mich erwartungsvoll an und ich nickte. Am Spätnachmittag waren die Wände frisch tapeziert, sechs Stunden harte Arbeit, während der Frau Brenner und ich über Haustiere aller Art lästerten. Leider ließ sich Tommys Katze dabei kein einziges Mal blicken, denn Frau Brenner hätte mir sicher dabei geholfen, sie endgültig aus der Welt zu schaffen.

Am Abend kam Tommy bestens gelaunt zurück. Der Eklat vom Vormittag interessierte ihn schon nicht mehr. Stattdessen berichtete er von seiner Fotosession im Stadtwald, wo er eine vollkommen neue Art von Aktfotos geschossen habe, welche seine Kunstmappe stark aufwerten werde. Außerdem habe er ein neues Zuhause für die Katze gefunden, morgen würde sie umziehen. Bevor ich ihn an die stundenlange Tapetenaktion erinnern konnte, verschwand er in seinem Zimmer, das er auch als Dunkelkammer und Fotolabor nutzte. Als ich nachts in die Küche ging, roch es nach den Chemikalien seiner Bildabzüge, die er wohl wie üblich an einer durch sein Zimmer gezogenen Wäscheleine trocknete.

Am nächsten Morgen musste er ungewöhnlich früh aufgestanden sein, denn als ich aus meinem Zimmer kam, war er zusammen mit den Fotos schon aus dem Haus. Auch die Katze war weg.

Ich frühstückte und beschloss spontan, Clara nach ihrer Frühschicht mittags im Krankenhaus abzuholen. Mein Tank war zwar noch halbvoll, dafür hatte ich große Lust, mal wieder mit ihr zu schlafen. Auf der Station sagte man mir, dass sie gestern und heute freigenommen habe, wovon ich aber nichts wusste. So fuhr ich zu ihr. Clara öffnete die Wohnungstür und lachte mich verlegen an. Während sie mich flüchtig küsste, meinte ich im Hintergrund etwas über den Gang flitzen zu sehen. Sie bat mich herein und ich roch es sofort: Katzenfutter! Sie sah mich trotzig an und meinte, Tommys Katze könne man nicht ins Tierheim geben, nur weil diese unverschämte Frau Brenner sie nicht möge.

Ich fragte, ob Tommy ihr noch einen weiteren Grund für den Hinauswurf seiner Katze genannt habe, was sie verneinte. So klärte ich sie über die Verwüstungen in Frau Brenners Flur auf, doch das interessierte Clara nicht. Bei ihr bekäme die Katze regelmäßig gutes Futter und so sei sie das reinlichste Tier der Welt. Sie rief nach ihr, doch dieses Viech ließ sich, solange ich in der Wohnung war, nicht blicken. Nun fragte sie mich, ob es stimme, dass ich die Katze hatte überfahren wollen. Tommy hatte mich offensichtlich bei ihr angeschwärzt. Ich zuckte gleichgültig mit den Schultern und meinte, wenn die Katze ständig unter meinem Auto herumliege, sei das ihr Problem. Clara wollte eben laut werden, als ich hinter ihr einen Stapel Fotos auf dem Tisch liegen sah. Sie bemerkte meinen Blick und versuchte, danach zu greifen, doch ich kam ihr zuvor: Aktfotos von Clara. Ich begriff sofort: Sie hatte sich für Tommy ausgezogen, auch wenn man auf den Fotos nie ihr Gesicht sah, ihren Körper erkannte ich sofort. Sie betonte, Tommy sei ein Künstler und da habe sie seinem Drängen schließlich nachgegeben. Er habe ihr aber versprechen müssen, dass man sie nicht erkennen dürfe und die Bilder brauche er für seine Mappe, es sei echte Fotokunst. Meine Frage, ob er die Katze als Honorar angeboten habe, verneinte sie und gestand irgendwann ein, auch seine Mietrückstände bezahlt zu haben.

Nun wurde ich laut. Ob Tommys nächstes Honorar darin bestehe, dass sie mit ihm schlafe? Clara gab mir eine Ohrfeige, womit klar war, dass ich ins Schwarze getroffen hatte. Sie schrie zurück, dass sie sowieso Schluss mit mir gemacht hätte, da ich immer nur bei ihr auftauche, wenn ich etwas von ihr wolle, entweder sei mein Tank leer oder meine Hoden voll. Auf so jemanden könne sie verzichten. Ich ging ohne ein weiteres Wort zu verlieren.

In unserer Wohnung saß Tommy am Küchentisch und sah Zeitungsanzeigen durch. Ich öffnete den Kühlschrank, griff nach zwei seiner verschimmelten Joghurts und schwappte ihm das Zeug ins Gesicht. Am Tag darauf holte er seine Sachen ab und zog zu Clara.

Ein halbes Jahr später traf ich Clara in der Stadt. Sie umarmte mich und gab mir einen Kuss. Ich erkundigte mich nach Tommy, doch sie verdrehte nur ihre Augen. Er habe seine Mappe mit den Aktfotos an verschiedene Akademien geschickt, es habe aber nur Absagen gegeben, woraufhin er immer unausstehlicher geworden sei. So habe sie ihn vor zwei Monaten aus der Wohnung geworfen, leider habe er die Katze mitgenommen. Für mich waren das gute Neuigkeiten. Tommy wohne jetzt bei irgendeinem Boris, habe einen Job in der Pharmabranche und fahre einen dicken BMW, alles ziemlich dubios. Ich betonte, dass er schon immer einen Hang zum Abgründigen gehabt habe, dazu kämen seine engen Kontakte ins kriminelle Milieu, von denen er ihr doch sicher erzählt habe. Clara fiel aus allen Wolken. Ich berichtete ihr von Boris Aktivitäten, dessen Waffenschieberei und Medikamentenbetrug ich noch um Zuhälterei erweiterte. An Claras entsetztem Gesichtsausdruck las ich ab, dass Tommys BMW nun hinreichend erklärt war. Er hatte mich bei ihr angeschwärzt und jetzt hatte ich sozusagen zurückgeschwärzt, damit waren wir quitt.

Ich sagte Clara, dass sie umwerfender denn je aussehe. Sie errötete und fragte, ob ich mit ihr in ein Café gehen wolle, wo ich ihr Interesse an mir mit meinem mittlerweile begonnenen Maschinenbaustudium weiter anfeuerte. Alles lief vielversprechend, ich lud sie ein und wir fuhren zu ihr. Zum Glück hatte ich tags zuvor vollgetankt, meine Eltern hatten den Geldhahn nach Vorlage einer Immatrikulationsbescheinigung wieder aufgedreht.

In ihrer Wohnung fragte Clara, ob ich Lust auf Spaghetti hätte. Nicht nur darauf, antwortete ich. Während das Nudelwasser auf dem Herd überkochte, liebten wir uns auf ihrem Bett. Danach lagen wir verschwitzt nebeneinander und beschlossen, es ein zweites Mal miteinander zu versuchen.

Ein halbes Jahr später zog ich bei Clara ein, was uns nicht guttat. Sie bestand auf Mithilfe im Haushalt, eine Forderung, die mit den Belastungen eines Maschinenbaustudiums unvereinbar war, selbst in den Semesterferien. So traf sie sich wieder mit Tommy, was ich aber erst erfuhr, als es schon zu spät war. Tommy war inzwischen aufgestiegen und Boris sein Knecht.

Schließlich zog Clara bei mir aus. Ihren Job als Krankenschwester hatte sie hingeworfen und lebte nun mit Tommy in dessen Penthouse, beste Wohnlage mit Blick über die Stadt. Keine Ahnung, was er ihr über mich erzählt hat.

Wabners letztes Fest

Ich kannte Karl-Waldemar Wabner seit der Grundschule. Schon damals sprach ihn keiner mit seinem Vornamen an, jeder nannte ihn Wabner, bis heute.

Viele Jahre hatten wir einen guten Draht zueinander, auch wenn wir uns später etwas aus den Augen verloren. Seine Karriere jedoch habe ich stets mitverfolgt, wusste von den Ungereimtheiten seines Komponistendaseins und dem exzessiven Lebenswandel, der ihn früh zugrunde richtete. Entgegen aller ärztlichen Prognosen erreichte er noch seinen sechzigsten Geburtstag, den er ekstatisch feierte, was seine maroden Organe jedoch überforderte, so dass ihm nichts Anderes übrigblieb, als zu sterben. Alles in allem konnte er zufrieden sein, insofern so etwas tot noch möglich ist. Sein letzter Wille lag nun in den Händen jenes Eventservice, bei dem er das postmortale Modul *Stairway to heaven* gebucht hatte, womit seine Beerdigung als freudetrunkenes Fest ausgerichtet werden würde. Der Trauerkarte konnte man entnehmen, dass fast fünfzig Freunde erwartet wurden, erstaunlich, hatte Wabner doch durch Unzuverlässigkeit und schlechte Manieren geglänzt. So überraschte es mich nicht, als ich an seinem Grab lediglich vier Trauernde antraf. Ich stellte mich neben eine Frau mittleren Alters und einen schmächtigen Mann, den ich auf Neunzig schätzte. Gegenüber standen ein Zwei-Meter-Hüne, dessen Armani-Dreireiher nicht zu seinem Trinkergesicht passte und ein ebenfalls hochgewachsener

Osteuropäer mit Sonnenbrille und schwarzer Lederjacke, der ständig die Frau neben mir anstarrte.

Ein vom Eventservice engagierter Grabredner begann nun, Wabners Leben als Komponist zu preisen. Unerwähnt blieb, dass sein Werk sich letztlich in einer einzigen Komposition, seinem legendären *Opus 1*, erschöpfte. Jenem berühmten Orchesterwerk mit dem Namen *Unter Dünen verborgen*, für das er als junger Mann etliche Preise gewonnen hatte und sich einen Namen machte, folgte bis zu seinem Tod kein weiteres, zumindest kam nie eines zur Aufführung. Auch wenn Wabner noch vor wenigen Monaten verkündete, mit seinem kürzlich fertiggestellten *Opus 49* eine neue Klangdimension geschaffen zu haben, hatte keiner jemals eine dieser angeblich achtundvierzig weiteren Partituren zu Gesicht bekommen. Regelmäßig tauchten sogar Zweifel an der Urheberschaft jenes *Opus 1* auf, was er dann stets mit Ankündigungen eines neuen Meisterwerks konterte, auf seine Reputation als Komponist ließ er nichts kommen.

All jene Ungereimtheiten verschwieg der Redner und schwelgte stattdessen im Triumph jenes *Unter Dünen verborgen*, welches bis heute in allen Konzertsälen der Welt zu hören sei. Das war nicht gelogen, Wabner konnte bis zuletzt sorglos von den Tantiemen dieses einen Stücks leben, nicht zuletzt durch dessen Einsatz in Film und Fernsehen. Diese Unabhängigkeit trieb ihn, der schon früh zu trinken begonnen hatte, in ein ausschweifendes Leben, doch auch davon kein Wort am Grab. Als es hieß, er wolle *unter Dünen begraben* seine letzte Ruhe finden, wurde jedem klar, dass Wabner die Grabrede selbst verfasst haben musste, er konnte es ja nie pathetisch genug haben. Gleichzeitig umwehte ihn die Aura eines Hochstaplers, was er, darauf angesprochen, lächelnd von sich wies und einen mit glänzenden Augen ansah.

Nun wurde der Sarg abgelassen und man nahm Abschied. Als Letzter warf der Armani-Hüne eingerollte Whiskey-Zertifikate ins Grab und begann, deren schottische Herkunft zu erläutern. Sein osteuropäischer Begleiter hörte grinsend zu und witzelte, nun sei Wabner *unter Hünen begraben*, bis der Trauerredner unterbrach und darauf hinwies, dass in zehn Minuten gegenüber dem Friedhofseingang die Busse zum Gedenkfest abfahren würden. Für diesen Anlass sei das altehrwürdige Kaffee Holtzer in der Innenstadt reserviert worden. Wabner habe sich eine ausgelassene Feier gewünscht, das Kaffee Holtzer warte zu diesem Anlass mit Kuchentheke sowie alkoholischer Zusatzkarte auf, was bei den Hünen gut ankam.

Während das Grab mit Erde befüllt wurde, musterten wir Kondolierenden uns gegenseitig. Ich ging davon aus, dass es sich bei meinen beiden Mittrauernden um befreundete Musiker aus Wabners Künstlerkreisen handelte, zu denen ich jedoch nicht gehörte. Trotzdem kannte ich Wabner von allen Anwesenden wohl am längsten. Es hatte ihn nie gestört, dass ich beruflich in der Waschsalon-branche Fuß gefasst und noch nie in einem Klassikkonzert gewesen war. Sein *Opus 1* hatte ich zufällig einmal im Radio gehört und gerätselt, wer so etwas freiwillig hören wollte.

Wabner war schon in der Schule durch sein exzentrisches Klavierspiel aufgefallen und schaffte es schließlich bis zum Kompositionsstudium, das er nach zwei Semestern aber abbrach, um sich seinen Stil nicht versauen zu lassen, wie er verkündete. Ich mutmaßte eher, dass man ihn wegen seiner Trinkerei exmatrikulierte. Drei Jahre später folgte dann wie aus dem Nichts der Durchbruch mit seinem *Opus 1*.

Auf dem Weg zu den Bussen bemerkte der Osteuropäer:

„Das Kaffee Holtzer, da hat Wabner sich echt nicht lumpen lassen. Dort gibt´s heute sogar was Vernünftiges zu trinken."

„Der alte Suffkopf will doch nur, dass wir ihm möglichst bald folgen.", stimmte der Armani-Hüne mit rauer Stimme zu. Die Frau neben mir wandte sich angewidert ab und bemerkte:

„Wie pietätlos! Kohlmann, schämen Sie sich."

Ihre Bemerkung verdeutlichte das gesellschaftliche Gefälle zu den zwei Männern, trotzdem schien man sich zu kennen, was mich überraschte. Kohlmann, wie der Armani-Hüne offensichtlich hieß, machte eine abfällige

Geste in Richtung der Frau, während mein Blick auf seine Schuhe fiel, unter denen die sich ablösenden Sohlen herausragten. Irgendwie passte es zu Wabner, auch die Gescheiterten seiner Freunde einzuladen. Während die Erfolgreichen sein *Opus 1* in alle Welt trugen und ihn damit finanzierten, stand er den Verlierern, mit denen er das Los verheerender Leberwerte teilte, treu zur Seite.

Wir erreichten nun die Busse für unseren Transfer zum Café Holtzer. Während die beiden Gestalten in den roten Bus einstiegen, folgte ich dem Mann und der Frau in den schwarzen. Dessen Fahrer erkundigte sich nach dem Rest, es sei von fünfzig Trauergästen die Rede gewesen, doch ich zuckte nur mit den Schultern.

Man fuhr los. Beim Eintreffen vor dem Café wurde die Tür aufgehalten, während der Inhaber Adalbert Holtzer, ein drahtiger, fünfundsiebzigjähriger Mann in Schwarz, uns begrüßte und sich ebenfalls über die geringe Anzahl wunderte.

„Dein Lager schaffen wir auch zu zweit.", rief der Osteuropäer ihm zu und stürmte an der Kuchentheke vorbei zur Bar, wo eine beträchtliche Auswahl an Weinen und Spirituosen stand.

„Mögen Sie bitte warten, bis die Feier eröffnet ist.", forderte Herr Holtzer ihn gelassen auf, nach zweiundfünfzig Jahren in seinem Kaffeehaus war ihm keine Entgleisung mehr fremd.

Wir setzten uns an den Tisch nahe der Kuchentheke, während das Duo an der Bar Platz nahm. Herr Holtzer erklärte nun mit getragener Stimme die Trauerfeier für eröffnet.

An unserem Tisch rührte sich erstmal keiner, während wir zusahen, wie hinten Flaschen geöffnet wurden. Kohlmann, machte den Angestellten hinter der Bar deutlich, dass sie sich selbst bedienen würden, dies käme Wabners letztem Willen am nächsten.

Die Frau blickte nach hinten und sagte:
„Dieser Kohlmann hat Cello bei mir studiert. Ich habe ihm von Beginn an klarzumachen versucht, dass ein Cello keine Kettensäge ist. Er kam übers erste Semester nicht hinaus und versuchte es dann als Dirigent, endete jedoch als Barpianist in einem Etablissement, in dem auch Wabner Dauergast war. Und jetzt lässt er sich auf dessen Kosten volllaufen.“

Der alte Mann nickte:
„Ich kenne ihn auch von früher. Er durfte damals im Orchester eines Freundes von mir assistieren und ein Konzert selbst dirigieren, was als Fiasko endete. Ihm gingen die Nerven durch, vermutlich falsch dosierte Betablocker in Verbindung mit sonstigen Drogen. Da keiner aus dem Orchester ihn mochte, zerbröselte die Musik unter seinem Gefuchtel, böswillig angezettelt von den Blechbläsern. Er bemerkte die Meuterei, brach ab und ging vor den Augen des Publikums auf den Konzertmeister los, entriss ihm dessen Geige und warf sie entschlossen in Richtung

der meuternden Bläser, wo sie an der Tuba zerschellte und einen Posaunisten im Gesicht verletzte, dass das Blut nur so spritzte. Ein Saaldiener versuchte einzugreifen, doch da stürmten bereits die auf Rache gesinnten Bläser nach vorn und überwältigten Kohlmann neben dem Dirigentenpult. Dies war sein berufliches Ende, er kam nicht mehr auf die Füße. Doch warum hat Wabner ihn eingeladen? Und wer ist dieser Osteuropäer mit der Sonnenbrille, er kommt mir bekannt vor? Hast du bemerkt, wie er dich am Grab angestarrt hat?"

Die Frau erwiderte:

„Das ist Grotzki, ein polnischer Komponist, dem Wabner einmal aus der Patsche geholfen hat. Doch anstatt es Wabner zu danken, hat Grotzki ihm jahrelang vorgeworfen, sein *Opus 1* von ihm gestohlen zu haben. Doch er konnte es vor Gericht nie beweisen."

Der Alte zeigte sich überrascht:

„Ach herrje, das ist dieser legendäre Grotzki. Wabner hat ihm ohne Gegenleistung zeitlebens Geld geschickt, eine dubiose Geschichte, die immer wieder durch die Presse geisterte. Man sagt, Wabners einziges Talent sei jenes zur Hochstapelei gewesen."

„Böse Vorwürfe, die du da aus der Versenkung holst.", gab die Frau zu bedenken, „kaum liegt er unter der Erde, geht *das* wieder los."

„Immerhin hat Grotzki - im Gegensatz zu Wabner - etliche weitere Werke geschrieben, auch wenn sie nie aufgeführt wurden. Man munkelt, sie trügen die Handschrift jenes *Opus 1*, was für Grotzkis Urheberschaft spräche.", entgegnete der Alte.

„Er hat Wabner lediglich kopiert, um seine Lüge zu stützen.", verteidigte die Frau.

„Während Wabner kein weiteres Werk mehr vorgelegt hat.", resümierte der Alte, „spätestens der Nachlass wird zeigen, ob seine angeblich achtundvierzig unveröffentlichten Werke tatsächlich existieren. Falls nicht, stammt das *Opus 1* wohl tatsächlich von Grotzki, auch wenn man es kaum glauben mag, wenn man ihn so sieht."

Die Frau stimmte zu:

„Ich kann diesen Polen auch nicht ausstehen. Er lebt noch bei seiner Mutter, während er im großen Rahmen Autos verschachert."

Der alte Mann musste grinsen:

„Genau Hilde, jetzt erinnere ich mich! Grotzki ist doch dieser Autohändler, der dir ein zehn Jahre altes Auto als Neuwagen angedreht hat, diese Geschichte kennt ja wirklich jeder! Hattest du nicht sogar mal was mit ihm?"

Sie errötete und sagte nichts mehr.

Bislang hatte ich noch kein Wort zu der Unterhaltung beigetragen. Die beiden an meinem Tisch schienen altgediente Professoren zu sein, was sollte ich als Waschsalonunternehmer da beisteuern? Um Wabners schmutzige Wäsche zu waschen, brauchten sie mich wahrlich nicht. Dass sie über die beiden anderen so detailliert Bescheid wussten, war ebenso erstaunlich wie deren berufliche Vergangenheit. Wie konnte ein polnischer Autoschieber gleichzeitig Komponist sein? Andererseits, wie konnte Wabner, der schon an der Schule mit Cannabis dealte, noch vor dem Abitur Alkoholiker war und später im Hinterzimmer jenes verruchten Jazzclubs, wo er als Pianist halbnackte Sängerinnen begleitete und bei Kartenspielen hohe Einsätze gewann, wie sollte dieser Semikriminelle ein erfolgreicher Orchesterkomponist werden? Die paar Vorlesungen, die Wabner besucht hatte, reichten dazu sicher nicht aus. Wirklich genial war er immer nur im Halbseidenen. Auf den Abschlussball unseres Abiturjahrgangs kam er mit einer zehn Jahre älteren Prostituierten, bei deren Anblick seine Eltern den Saal verließen, während der Schulleiter sich bei der Rede derart verzettelte, dass jeder im Saal wusste, wessen Stammkunde er war. Ich traute es Wabner locker zu, sein *Opus 1* jemandem abgeluchst zu haben, sei es beim Kartenspielen oder bei anderer Gelegenheit, doch es fiel mir schwer zu glauben, dass dieser Jemand Grotzki sein sollte.

Nun wurde es laut an der Bar, Grotzki rief dem Inhaber Holtzer zu, ob er sie für blöd verkaufen wolle, indem er ihnen Fusel in edlen Flaschen anbiete. Wenn Holtzer sie bescheißen wolle, müsse er früher aufstehen, solange er dies noch könne.

Der Frau platzte nun der Kragen. Sie rief nach hinten:

„Zuerst volllaufen lassen und dann Herrn Holtzer anpöbeln, könnt ihr Penner euch vielleicht mal benehmen?“

Es wurde totenstill, keiner rührte sich.

Irgendwann fragte Grotzki seinen Freund:

„Hat die Schlampe uns als Penner bezeichnet?"

Kohlmann bejahte.

„Darf sie das?"

Kohlmann verneinte.

Ich hörte, wie Herr Holtzer dezent die Anweisung gab, Verstärkung aus der Küche zu holen. Während eine Bedienung verschwand, glitten die beiden von ihren Barhockern und kamen nach vorne.

Grotzki sagte zu der Frau:

„Ich rate dir, dich bei uns zu entschuldigen."

„Nimm du erst mal die Schlampe zurück.", fauchte die Frau ihn an.

In diesem Augenblick erschienen zwei weitere Kellner samt Küchenpersonal und stellten sich neben unseren Tisch.

Grotzki höhnte:

„Ach Herr Holtzer, keine Sorge um Ihre Inneneinrichtung, sie bleibt heil. Eine Prognose, die ich für unsere beiden Klugscheißer hier nicht geben kann."

Nun wandte er sich mir zu.

„Wer bist du überhaupt?"

„Ein alter Freund von Wabner, wir gingen schon zusammen in die Schule.", antwortete ich.

„Bist du etwa der Waschsalonkönig? Wabner hat von dir erzählt, er hielt große Stücke auf dich. Geh also besser zur Seite, damit du da nicht mit reingezogen wirst."

In diesem Moment trat Kohlmann in seiner vollen Größe drohend auf die beiden zu. Die Frau wurde zunehmend nervös, während der Alte zu grinsen begann:

„Oho, der gescheiterte Dirigent wagt sich nochmal auf die Bühne! Kündigt sich hier eine weitere Heldentat an?"

Mit seinen ungelenken Fingern nahm er einen gebrauchten Teebeutel und warf ihn Kohlmann zu:

„Den kannst du zu den Blechbläsern schleudern, so wie damals."

Die Frau bemühte sich, nicht loszulachen.

Kohlmann schien plötzlich wie unter Schock zu stehen, doch da legte Grotzki seinen Arm um dessen Schulter und sagte:

„Lass gut sein, da stehst du inzwischen drüber."

Kohlmann rang um Fassung. Waren das wirklich Tränen in seinen Augen?

Vom Alten kam nichts als Spott:

„Aber hallo, ein Dirigent heult nicht, das untergräbt seine Autorität, so er jemals eine hatte."

Kohlmann blickte verzweifelt um sich, während Grotzki begann, seine Lederjacke auszuziehen.

Es wurde ernst.

„Meine Herren, ich habe noch einen Termin.", verkündete nun überraschend die Frau und stand auf. Da fielen auch dem Alten unaufschiebbare Erledigungen ein. Holtzer gab ein Zeichen und das Personal leistete Begleitschutz bis zur Tür. Grotzki und Kohlmann waren dieser raschen Wende nicht gewachsen, angetrunken starrten sie

den beiden hinterher, dann brachte Grotzki seinen ange-
schlagenen Freund vorsichtig zum Tisch, wo Kohlmann
sich mit einer Serviette über die Augen wischte, einen
kräftigen Schluck Whiskey nahm und allmählich wieder zu
Kräften kam.

Ich setzte mich dazu.

„Hilde ist echt eine Schlampe.", ließ Grotzki verlauten.

„Sagt man so etwas über seine Ex? Schießt man sich damit nicht ins eigene Knie?", fragte Kohlmann, froh um
jede Ablenkung.

„Ach was", fauchte Grotzki, „jetzt ist diese Schlampe
als Wabners Witwe dessen Alleinerbin und kassiert die
Tantiemen für *mein* Werk."

Kohlmann verzog sein Gesicht:

„Grotzki, kapier es doch endlich, du kannst es nicht beweisen. Außerdem hat Wabner dir dreißig Jahre lang Geld
zukommen lassen."

Mir schwirrte der Kopf.

„Entschuldigung, die Dame eben, sie ist Wabners
Frau?"

„Ja.", knurrte Grotzki, „nach mir hat sie sich *ihn* ge-
schnappt."

„Ich hatte keine Ahnung, dass Wabner …"

„… vergiss es, hier irgendeine Ahnung haben zu wollen.
Wabner war bei den Weibern genauso blind wie ich."

„Nur reicher!", entfuhr es Kohlmann, der seine alte
Form wieder erreicht hatte.

„Sei still, du Idiot.", fuhr Grotzki ihn an, „Wabner hat mich damals aus einer üblen Sache freigekauft, als Gegenleistung erhielt er meine Partitur."

„Was war das für eine Sache?", wollte Kohlmann wissen.

„Zur falschen Zeit am falschen Ort."

„Wenn dieses Dünen-Stück wirklich von dir ist, warum hast du dann nicht einfach nochmal eins geschrieben?", wunderte sich Kohlmann.

„Oh Mann, kein Wunder, dass du als Bordellpianist geendet bist. Etwas derart Geniales schreibt man nicht mal so locker ein zweites Mal."

Kohlmann dachte eine Weile nach und sagte:

„Eigentlich perfekt, wie Wabner das gemacht hat."

Grotzki blieb ruhig und sagte:

„Warte ab, ich hab´ da noch was vor, dazu brauche ich aber leider die Schlampe von eben."

Die beiden gingen wieder nach hinten an die Bar, wo Grotzki Anekdoten aus seiner Beziehung mit Hilde erzählte. Ich wollte das nicht hören und verabschiedete mich.

Ein paar Monate später wurde berichtet, dass in Wabners Nachlass achtundvierzig Notenmappen gefunden worden seien, die all seine unveröffentlichten Werke enthielten. Hilde, Wabners Witwe, kündigte an, dass in den kommenden Jahren alle zur Uraufführung gebracht werden würden.

Nach einem weiteren halben Jahr begannen die Aufführungen, und ich kaufte mir erstmals eine Karte für ein klassisches Konzert, wo ich sogar einen Platz in der zweiten Reihe ergatterte. Schräg vor mir saß jene Hilde und neben ihr ein Mann, der mir bekannt vorkam. Ich brauchte eine Weile, bis ich sein Gesicht mit der Feier im Cafe Holtzer verbinden konnte. Grotzki war kaum mehr wiederzuerkennen in seiner eloquenten Art, wie er sich mit dem Sitznachbarn unterhielt, von seiner Autoschiebermentalität war nichts mehr zu sehen. Neben mir saßen zwei Männer, die sich über ihn unterhielten. So erfuhr ich, dass Grotzkis kürzlich eröffnetes Autohaus glänzend lief. Es gäbe dort einen Hintereingang ins Kelleretablissement, wo man mögliche Kaufentscheidungen abwägen und sich dabei vergnügen könne, sogar einen Barpianisten habe er dort, ein Hüne, über zwei Meter groß!

Das Programm des Konzertabends klang grauenhaft für mich. Grotzki saß schräg vor mir, dirigierte dezent mit, seine Handbewegungen passten ziemlich perfekt zu dem Tumult auf der Bühne, er schien jede Note zu kennen. Neugierig geworden, besuchte ich auch die nächsten Uraufführungen von Wabners Werken und konnte den stets neben Hilde sitzenden Grotzki beobachten, er kannte die Werke alle auswendig.

Die Kritiker lobten unterdessen die „*dünenhafte*" Weiterentwicklung von Wabners Musik, auch wenn nicht alle

Stücke das Niveau seines *Opus 1* halten könnten, lohne es sich trotzdem, Wabner zu entdecken.

Dass es Grotzki blendend ging, hätte ihn sicher gefreut. Wer von beiden diese Musik komponiert hatte, war für mich keine Frage mehr. Grotzki zog mit Hilde, seiner Ex, die gleichzeitig Wabners Witwe war, einen lukrativen Deal durch, der als Wabners posthumes Vermächtnis ein Erfolg wurde. Dass dabei Tantiemen in Grotzkis Autohandel samt Etablissement flossen, hätte Wabner gefallen.

Einmal stieß ich beim Verlassen des Konzerthauses beinahe mit jener Hilde zusammen. Sie tat so, als kenne sie mich nicht, doch man sah, wie blass sie geworden war. Ich wollte ihr zu dem Coup gratulieren, doch sie wandte sich ab und eilte zu Grotzki, der mich misstrauisch beäugte.

Ich habe vor, demnächst sein Autohaus zu besuchen und Interesse an einem seiner Aston Martins zu zeigen. Dabei können wir über die guten alten Zeiten reden und ich werde ihn diskret zu seinem Coup beglückwünschen. Der Aston Martin wird sicher ein Schnäppchen für mich.

Tango

Ricarda hatte nach fünfunddreißig Jahren als Geigerin an der Oper genug von den Intrigen und wollte nichts wie raus aus diesem psychiatrischen Freilandversuch, wie sie das Orchesterleben nannte. Daher kündigte sie, um sich fortan der Musik ihrer argentinischen Heimat hinzugeben. Seit Jahrzehnten schon spielte sie Tango auf dem von ihrem Großvater geerbten Bandoneon und suchte nun Musiker für ein Quartett. Einen Geiger, im Tango durchaus üblich, lehnte sie strikt ab, von dieser gestörten Spezies hatte sie genug, Gitarristen seien da wesentlich umgänglicher. Da sie auch optisch ein möglichst authentisches Quartett zusammenstellen wollte, sollte *ich* mit einsteigen, da ich ihrer Meinung nach aussah wie ein argentinischer Hafenarbeiter, der regelmäßig seinen Lohn als abgewrackter Freier in den Hafenbordellen von Buenos Aires verjubelt - eine auf Bluesgitarristen wie mich durchaus passende Beschreibung. Ihr Projekt reizte mich, vom Blues zum Tango ist es nicht weit: Zielt Letzterer auf das Erobern einer Frau, ist es beim Blues die nächste Theke, das lustvolle Scheitern wohnt beiden inne. Also sagte ich zu, ohne zu ahnen, wen sie noch mit an Land ziehen würde. Am Kontrabass holte sie ihren früheren Orchesterkollegen Paul. Er hatte den Opernwahnsinn schon früh hingeworfen, dafür spät Medizin studiert und praktizierte seither als Frauenarzt. Ricarda meinte, dass Paul und ich uns optisch perfekt ergänzen würden: Ich der Freier, er der

Zuhälter. Ricarda besaß eine ziemlich schräge Weltsicht, der jahrzehntelange Zickenkrieg im Orchestergraben hatte ihre Auffassung von Kultur schwer erschüttert.

Die Pianistin, die sie als Vierte dazu holte, kannte sie noch aus ihrer Zeit an der Musikhochschule. Deren Klavierspiel habe nach dem Auszug ihrer Tochter - die gleich noch deren Vater mitnehmen musste - bald wieder hohes Niveau erreicht. Ricarda beschrieb sie mir als auffallend unauffällig, damit verkörpere sie das Kontrastprogramm zu uns, nämlich die jungfräuliche Unschuld, was mit Ende Fünfzig zwar problematisch sei, doch ihr Klavierspiel wiege das wieder auf. Mir kamen die Lebensumstände dieser Pianistin bekannt vor, doch ich hakte nicht weiter nach. Nie im Leben würde Ricarda meine Ex-Frau in ihr Quartett holen, sie wusste genau, welches Schlachtfeld sich da auftun würde, da hätte sie gleich im Orchester bleiben können.

Ausgerechnet meine Tochter, mit der zusammen ich vor vier Jahren aus der Ehewohnung ausgezogen bin, riet mir tags darauf höchst besorgt von dem Projekt ab. Das war ungewöhnlich, da ihre bislang einzige Sorge sich darauf beschränkte, nicht mit mir, dem peinlichen Bluesmusiker, in Verbindung gebracht zu werden.

Entsprechend alarmiert rief ich bei Ricarda an. Diese hatte meinen Anruf schon erwartet und sich bereits gefragt, ob ich zu blöd sei, die Pianistin als meine Ex-Frau Lea zu erkennen. Sofort sagte ich meine Teilnahme ab, wovon Ricarda aber nichts wissen wollte, ich solle mich nicht so anstellen, das Ganze sei doch ewig her und Lea mache schließlich auch mit, obwohl sie von mir wisse. Damit war das Thema für sie erledigt. Morgen werde das erste Mal geprobt und zwar in Pauls Arztpraxis, da dort ein Flügel stehe. Und bevor sie es vergesse zu erwähnen, sollte ich wissen, dass Lea in den Praxisräumlichkeiten Entspannungskurse für Schwangere hielt und dabei auf dem Flügel spielte. Zwar sei Paul hinsichtlich der therapeutischen Wirkung dieser Kurse skeptisch, doch er habe - hier zögerte sie kurz - dem Wunsch seiner Lebensgefährtin entsprechen wollen. Zuerst meinte ich, mich verhört zu haben, doch Ricarda, nun deutlich nervöser, wiederholte es auf meine Bitte hin. So erfuhr ich, dass ausgerechnet jener Mann, der noch am Tag unserer Trennung mein Nachfolger geworden war, Kontrabassist unseres Quartetts sein würde. Ich legte wortlos auf. Alle wussten es, alle außer mir, selbst meine Tochter war eingeweiht! Lange schon hatte sie mich gedrängt, diesen Paul endlich kennenzulernen, sie wolle endlich wieder Frieden in der Familie, was ich aber kategorisch ablehnte.

Und was hatte Lea mir schon vor unserer Trennung vorgeheult, dass sie endlich Freiheit brauche, allein sein müsse und das Leben mit einem Mann nicht mehr aushalte. In Wahrheit hielt sie das Leben mit zwei Männern nicht mehr aus, von denen einer überflüssig geworden war, doch das hatte sie mir verschwiegen. Schweigen, ja, das konnte sie besonders gut.

Ich versuchte, meine Tochter zu erreichen, die sonst rund um die Uhr an ihrem Smartphone hing, doch jetzt ging sie nicht hin. Das hatte sie von ihrer Mutter.

Am Abend der Probe stand ich kampfbereit vor Pauls Frauenarztpraxis und läutete. Lea öffnete die Tür und rief spöttisch nach drinnen:

„Ricarda, da ist ein abgewrackter Freier und will rein."

Ich hatte so etwas in der Art schon erwartet und fragte sie im Gegenzug nach ihrem Zuhälter. Ihrer Ohrfeige konnte ich mit einer raschen Bewegung ausweichen, stattdessen erwischte Lea die Vase auf der Empfangstheke. Das Wasser spritzte über die gesamte Arbeitsfläche, die Tulpen landeten auf Tastatur und Drucker, während die Porzellanvase am Boden in tausend Teile zersplitterte. Ich grinste Lea an, da holte sie erneut aus, als ein Mann aus dem Behandlungszimmer stürmte. Das musste dieser Paul sein: Schwarzhaarig, groß und unsympathisch. Er sah das Chaos und fuhr Lea verärgert an, ob sie nicht aufpassen könne, da erst entdeckte er mich und tat dann so, als wären wir alte Freunde, keine Ahnung, ob er wusste, in welchem Verhältnis ich zu Lea stand. Während diese wütend die Scherben zusammenkehrte und Ricarda mit Küchentüchern alles trockenwischte, zeigte Paul mir die Räumlichkeiten mit den gynäkologischen Stühlen, auf denen Lea sich vermutlich nicht nur untersuchen ließ. Widerwillig folgte ich Paul, bis ich in seinem Wartezimmer ein Hamburger Konzertplakat des Bluesgitarristen B. B. King entdeckte, ein unvergessliches Konzert im Sommer 1982, bei dem ich damals ganz vorne gestanden hatte. Ich sprach ihn darauf an und seine Reaktion ließ keinen Zweifel, dass auch er dort gewesen war, Lea war also erneut an einen Bluesliebhaber geraten.

Nachdem der Empfangsbereich wieder trockengelegt war, hielt Ricarda eine kleine Ansprache, ohne auf den Vorfall von eben einzugehen. Sie freue sich auf unser Quartett und habe auch bereits einen höchst originellen Namen. Dem gynäkologischen Proberaum und unserer Lebensreife entsprechend, schlug sie augenzwinkernd *Cuarteto menopausia* vor, was Lea sofort ablehnte. Mit ihren neunundfünfzig Jahren wartete sie angeblich noch immer auf die Wechseljahre, ihr Älterwerden war heikel. Dabei waren wir alle um die Sechzig, auch wenn man das keinem ansah. Die anderen drei wirkten wie vitale Fünfziger, ich hingegen sah aus wie Ende Siebzig, aber das war berufsbedingt. Ein Bluesmusiker-Dasein beschleunigt den Alterungsprozess rapide, Sport ist ebenso tabu wie Arztbesuche oder Mineralwasser, Pflicht hingegen Alkohol und Frauen. Und je frustrierender der Kontakt zu diesen, umso besser. Worüber sollte man im Blues, abgesehen vom Trinken, sonst singen? Insofern war meine Ehe mit Lea eine unerschöpfliche Quelle abgrundtiefer Resignation, legendär meine Songs wie *She's my mental breakdown blues* oder *My wife is my end*, die wir bei jedem Konzert als Zugabe spielen mussten.

Unterdessen hatte der Namensvorschlag Lea nachhaltig verstimmt. Ricarda verteilte nun die Noten für unser erstes Stück, den legendären Tango *El Choclo*. Lea blickte mürrisch auf das Blatt und fragte, ob das ein Lied über Schokolade sei. Paul erwiderte grinsend, es ginge durchaus um Orales. Sein spöttischer Ton gefiel mir, den konnte Lea schon an mir nicht ausstehen. Ricarda klärte sie nun über den Titel auf, welcher *Der Maiskolben* bedeute, der wiederum die Geschäftsgrundlage eines jeden Bordells nicht nur in Buenos Aires darstelle. Lea verstand und errötete, sie warf Paul einen giftigen Blick zu und sprach fortan kein Wort mehr mit ihm.

Wir spielten den Tango einmal durch, wobei Lea auffallend lustlos agierte, während sich an ihrem Hals überall rote Flecken zeigten, bei ihr ein Zeichen höchster Anspannung. Ricarda fragte, was los sei. Lea zeigte wortlos auf mich und ich war gespannt, ob etwas kommen würde. Doch es kam nichts. Kein Wort. Wie immer, sie machte dicht. Wegen dieser Verschlossenheit war sie während unserer Ehe zu einer Psychologin gegangen, die bei ihr ein grundlegendes Problem mit Männern und deren Dominanz diagnostizierte, was mir die Dame sofort sympathisch machte. Irgendwann musste Lea mich mitbringen, um das Problem gemeinsam zu erörtern. Die Psychologin wollte eben anfangen, da fragte mich Lea, ob ich überhaupt wisse, was Dominanz sei oder ob ich das lediglich für den in meinem bescheuerten Blues üblichen Dominantseptakkord halte. Auch Lea konnte austeilen, keine

Frage. Nach einer zähen Sitzung riet uns die Psychologin, es mit einem Tangotanzkurs zu versuchen, dies könne den Konflikt vielleicht auf der nonverbalen Ebene lösen helfen.

Nach zwei Tanzstunden war unsere Ehe dann endgültig ruiniert. Beim Tango führt ausschließlich der Mann, was für Lea einem Rückschritt ins Mittelalter gleichkam. Vor versammeltem Kurs platzte ihr heraus, dass man dann ja auch gleich wieder Hexen verbrennen könne. Mit dunkelroten Flecken übersät stürzte sie aus dem Raum und damit aus meinem Leben. Das nahm sie dann gleich zum Anlass, den Mann zu wechseln, wie ich kurz darauf erfuhr.

Und nun saß ich hier, in Pauls Praxis, und alles kam wieder hoch. Der Tango, egal in welcher Form, wirkte bei uns immer noch als Brandbeschleuniger.

Wie ich Lea nun so zu Tode beleidigt am Flügel sitzen sah, entfuhr es mir, wie super ich es fände, dass sie hier zur Vitalisierung ausgelotterter Beckenböden Piano spiele. Was man so höre, seien durchtrainierte Beckenböden speziell bei Maiskolben sehr beliebt. Lea erstarrte und Ricarda ermahnte mich wütend, was das nun wieder solle. Da erhob sich Lea, ging seelenruhig in den Nebenraum und kehrte mit einer Hand hinter dem Rücken sowie einem undefinierbaren Lächeln im Gesicht zurück. Ich hörte noch einen entsetzten Aufschrei von Paul, als Lea auf mich zustürmte und mir etwas Spitzes in den Unterleib rammte, dann wurde ich ohnmächtig.

174

Als ich wieder zu mir kam, lag ich auf Pauls gynäkologischem Stuhl, wo er mir die Wunde versorgte. Am Boden waren überall Blutspuren zu sehen, doch Paul beruhigte mich, man könne das Ziel der Attacke so gerade noch als den Oberschenkelbereich definieren, jedenfalls hätte der Uterus-Dilator, den Lea benutzt hatte, dramatischeren Schaden anrichten können.

Er hatte Lea und Ricarda nach Hause geschickt, um weiteres Blutvergießen zu verhindern. Leas Tat fand er übertrieben, vor allem angesichts dessen, was genau sie hätte treffen können, mein *El Choclo* sei sozusagen mit einem blauen Auge davongekommen. Lea sei sehr impulsiv, fuhr er fort, man müsse immer auf der Hut sein, was man sage, gleichzeitig liefere sie ständig Steilvorlagen, aber wem erzähle er das. Sie würden oft und heftig streiten, und er frage sich, ob sie demnächst auch ihn attackieren werde, womöglich im Schlaf. Ich hätte ihn gerne beruhigt, aber es gab keinen Anlass dazu.

Er war fertig mit dem Verbinden und half mir aus dem Stuhl. Ich hatte trotz seiner verabreichten Medikamente höllische Schmerzen und konnte mich kaum bewegen. So packte er meine Gitarre und fuhr mich nach Hause. Wir waren uns einig, dass Ricardas Projekt gescheitert war, eine weitere Probe könne mit einem Mord enden. Paul schien ernsthaft besorgt, allerdings weniger um mich als um sich. Er könne wohl nie mehr unbefangen einen Uterus-Dilator anfassen, was seinen Beruf deutlich erschwere, wie er sich auch Lea nie mehr unbefangen nähern könne.

Ich hörte ihm noch über eine Stunde lang in seinem Auto sitzend zu, bevor er mir hoch in die Wohnung half. Er besuchte mich täglich zur Wundversorgung und berichtete, dass sich Lea noch kein einziges Mal nach mir erkundigt habe. Dies könne er nicht hinnehmen.

Ricarda hat mittlerweile andere Musiker für ihr Tangoprojekt gefunden, nur Lea ist weiterhin dabei. Paul und ich verstehen uns mittlerweile prächtig, nichts Anderes hatte sich meine Tochter gewünscht, im Grunde hätte sie nun zufrieden sein können, wäre da nicht ihre Mutter, die sie neuerdings mit seltsamen Äußerungen verstöre, wie sie mir berichtete. Da Paul Schluss mit ihr gemacht hatte, beendete sie ihre Kurse mit dem Argument, dass trainierte Beckenböden frauenpolitisch kontraproduktiv seien. Das einzig Sinnvolle, was man mit Maiskolben machen könne, sei Popcorn, alles andere hingegen ungenießbar.

Ich beruhigte meine Tochter damit, dass bei ihrer Mutter unerwartet spät die Wechseljahre ausbrechen würden, da bringe man gern mal was durcheinander. Letztens kam meine Tochter überraschend zu einem unserer Blueskonzerte und war begeistert. Ich würde zwar ausschauen wie mein eigener Urgroßvater, sei aber fast nicht mehr peinlich. *Oh man, my daughter is an angel.*

Ausgerechnet Schröder!

Es läutete. Durch den Türspion sah ich jenen Mann stehen, dem ich eigentlich nie wieder begegnen wollte: Axel Bronski. Schon sein Name genügte, um ihn nicht zu mögen.

Die Sache, die uns verband, war kompliziert, und ich ging davon aus, dass er *mich* für alles verantwortlich machte, obwohl ich weitgehend unschuldig war, was er mir aber nicht abnehmen würde. Nicht nach den vier Jahren Knast, die ich ihm aus seiner Sicht eingebrockt hatte, und aus dem er nun, wie ich es mir im Kalender notiert hatte, gestern entlassen worden war.

Er hatte damals mit seiner Frau über mir gewohnt, weswegen ich rechtzeitig dort ausgezogen bin, ohne jemandem meine neue Adresse zu hinterlassen. Seine Frau hatte mir versichert, dass ich mir keine Sorgen machen müsse, sie würde ihm alles erklären. Und ich Trottel hatte ihr geglaubt.

Er läutete nun mehrmals hintereinander. Nervös verharrte ich am Spion. Bronski wirkte unverändert athletisch, im Knast schien er täglich trainiert zu haben.

„Mach auf, ich weiß, dass du da bist."
Seiner Drohung ließ er fünf kräftige Schläge gegen die Türe folgen. Würde er sie eintreten? Sollte ich besser flüchten? Über den Balkon nach unten? Und dann? Die

Stadt verlassen, am besten weg aus Deutschland oder besser noch Europa? Vielleicht würde mich mein alter Klassenkamerad Otto, der in Kolumbien lebt und den ich in der Schule immer hatte abschreiben lassen, bei sich in Bogota aufnehmen? Aber wollte ich dort hin, ohne ein Wort Spanisch zu sprechen? Außerdem hatte Otto acht Kinder mit zwei Indiofrauen, da war das hier nichts dagegen. Nein, ich musste die Sache klären und zwar jetzt, vielleicht hörte Bronski mir wenigstens noch zu, bevor er mit mir abrechnete. Gewiss würde ich in ein oder zwei Wochen wieder feste Nahrung zu mir nehmen können, das Krankenhaus hier hatte keinen schlechten Ruf. So versuchte ich, meine Panik im Zaum zu halten, als es ein weiteres Mal bedrohlich klopfte.

„Komme schon.", rief ich möglichst unbeschwert, öffnete die Türe und sah gerade noch Bronskis Faust auf mich zukommen.

Dieser Wahnsinn hatte vier Jahre zuvor begonnen, als ich noch unter den Bronskis wohnte. Damals schrieb ich gerade an einem langen Artikel für das Trudlinger Tagblatt und kam nur schleppend voran, als es an der Wohnungstür läutete. Ich hatte Druck, morgen war Redaktionsschluss, bis dahin musste ich fertig sein.

Vor der Tür stand Bronskis Frau. Ich kannte sie damals nur flüchtig, sie arbeitete vormittags bei einem Steuerberater und trug, obwohl noch relativ jung, altbackene Kostümvariationen, wie ich sie aus den Neckermann-Katalogen der Achtziger Jahre kannte. Vermutlich ein Restposten, irgendwo billig ersteigert, weil ihr Mann keinen Job mehr fand. Er war, obwohl man ihn nur selten zu Gesicht bekam, äußerst unbeliebt bei der Hausgemeinschaft. Das hatte er der Geschwätzigkeit von Frau Kemmerle aus dem Erdgeschoss zu verdanken, durch sie kannten wir alle seinen Lebenslauf. Nachdem Bronski die Schule hingeschmissen hatte, kam er in die Türsteherszene und landete schließlich auf Umwegen in der Finanzbranche, wo er jahrelang erfolgreich als windiger Vermögensberater arbeitete. In den Wirren der Finanzkrise verlor er innerhalb eines Monats den Dienstwagen, die gemietete Villa am Stadtrand und danach etliche Prozesse, die seine ruinierten Kunden gegen ihn führten. Noch in der Woche vor der Lehmann-Pleite verhökerte er deren Schrottpapiere und als sich diese in Nichts aufgelöst hatten, stand ein Kunde mit seinem Rechtsanwalt abends vor Bronskis Villa. Mit der Routine des Türstehers brach er beiden mit zielgerichteten Schlägen die Nasen.

Danach ging es steil bergab. Angesichts der vernichteten Millionen sah man unter seinen Opfern das Strafmaß - Bronski bekam drei Jahre auf Bewährung - als lächerlich an, weshalb sich, sobald einer der damals Betrogenen seine neue Adresse in unserem Haus herausbekommen hatte, immer wieder hässliche Szenen im Treppenhaus abspielten. Frau Kemmerle, der nichts davon entging, sprach den Betroffenen die Solidarität der Hausgemeinschaft aus und bot ihnen Kaffee und Kuchen an, wodurch sie etliche der Geschädigten kennenlernte.

Ich selbst war Bronski bis dahin noch nie begegnet. Dafür stand nun seine Frau vor der Tür und ich machte ihr deutlich, dass ich zu arbeiten hätte. Ihre Frage, ob sie mich dann später nochmal stören dürfe, verneinte ich und fragte abweisend:

„Geht auch gar nicht stören?"

„Tut mir leid, mein Mann und ich verreisen morgen früh und wir wollten Sie bitten, während der zwei Wochen nach der Wohnung zu sehen. Außerdem sollten unsere Pflanzen gegossen werden."

„Dann suchen Sie sich jemanden zum Gießen.", erwiderte ich.

Es war Hochsommer, allein das wuchernde Grün auf ihrem Balkon brauchte mindestens zwei Mal täglich Wasser.

Sie fuhr fort, auf mich einzureden, da unterbrach ich sie schroff:

„... haben Sie mir nicht zugehört, ich mach das nicht!"

Das kam unhöflicher als beabsichtigt, hatte aber den gewünschten Effekt: Sie wandte sich beleidigt ab und ging wieder nach oben.

Ich schlug die Türe zu und nahm wieder die Arbeit an meinem Artikel auf, als es kurze Zeit später erneut läutete.

Es war Axel Bronski, klassisch in Jogginghose und Unterhemd, was seinen durchtrainierten Körper betonte, auf dem sich jedoch ein überraschend vertrauenserweckendes Gesicht befand. Nun verstand ich, warum man ihm lange Zeit Geld anvertraute, er hatte - bei aller Verschlagenheit - durchaus etwas Gewinnendes. Das Zertifikat zum Vermögensberater konnte man damals mit ein paar Wochenendseminaren erwerben, besondere Fähigkeiten erwartete niemand. Ich blickte auf seinen schiefen Mund, über dem mich seine Augen misstrauisch musterten.

„Sie sollten höflicher zu meiner Frau sein. Wenn man um etwas bittet, braucht man nicht gleich unverschämt zu werden."

„Ich habe lediglich *Nein* gesagt."

Er sah mich scharf an:

„Du kotzst mich an."

„Mir geht es ähnlich.", erwiderte ich.

Alles Sympathische an ihm war nun verschwunden. Ich vertraute unterdessen auf Frau Kemmerle, die im Erdgeschoss hoffentlich mithörte und Hilfe rufen konnte. Sollte ich im Herbst noch am Leben sein, würde ich einen Selbstverteidigungskurs machen.

„Was hast du da eben gesagt?", hakte er nach.

Ich starrte ihn schweigend an und allmählich verzog sich sein Gesicht zu einem Grinsen:

„Jetzt ist er plötzlich mucksmäuschenstill und zieht seinen Schwanz ein."

„Im Gegensatz zu dir habe ich einen."

Das habe ich natürlich nur gedacht und nicht gesagt, logisch. Da rief seine Frau von oben:

„Axel, mach keinen Mist. Gießen kann er nur lebend.“

Sie kam die Treppe herunter und stellte sich neben ihren Mann.

„Er meint es nicht so.“, sagte sie zu mir.

„Da bin ich mir nicht so sicher.“, erwiderte ich.

„Geh nach oben, Axel. Ich mach das hier.“

Er warf mir einen scharfen Blick zu, stapfte dann aber die Stufen hoch.

Seine Frau wurde ernst:

„Gut, das wäre ja nun geklärt. Auf dem Küchentisch liegt ein Zettel mit den Besonderheiten fürs Gießen, manche Pflanzen sind sehr empfindlich. Wir sehen uns in zwei Wochen wieder.“

Ich schloss die Tür und setzte mich auf das Sofa. Dass ich kein einziges Mal nach oben gehen würde, war klar. Sollte das Zeug doch verdorren, es würde Ihnen noch leidtun, mich gefragt zu haben.

Am nächsten Morgen klebte ein Umschlag an meiner Tür. Darin fand ich den Schlüssel samt Bronskis Kommentar: *NA ALSO! GEHT DOCH!*

Ich hatte derweil große Mühe mit dem Artikel, den ich schließlich eine Stunde vor Redaktionsschluss abgab und der tags darauf im Trudlinger Tagblatt erschien. Von dem Honorar lud ich meine Freundin Gina zum Essen ein, der ich von meinem Gießauftrag erzählte. Sie schlug vor, ich solle den Schlüssel doch der Kemmerle überlassen, die werde begeistert sein, zwei Wochen lang dort rumschnüffeln zu dürfen. Gina kannte die Kemmerle, denn niemand betrat das Haus, ohne dass sie es mitbekam. Dieser Frau den Zutritt zu Bronskis Wohnung zu verschaffen, würde mich in ihrem Ansehen steigen lassen. Wer weiß, wann ich sie das nächste Mal brauchen würde.

Wir beendeten das Essen und ich ließ mir die Rechnung bringen. Von meinem Honorar blieb fast nichts übrig, dafür schlief Gina bei mir und wir hatten eine schöne Nacht.

Am nächsten Vormittag musste ich zu irgendeinem Lokaltermin. Davor klopfte ich bei der Kemmerle, um ihr meinen Gießjob anzubieten und legte gleich den dazugehörigen Wohnungsschlüssel auf ihren Tisch. Sie bekam große Augen und nickte begeistert.

„Aber wirklich nur gießen, Frau Kemmerle!", ermahnte ich sie.

„Natürlich, wo denken Sie hin!"

Ihr Blick verhieß nichts Gutes, doch ich kümmerte mich nicht weiter darum. Die zwei Wochen vergingen wie im Flug, ich hatte täglich Termine und saß oft bis tief in die Nacht, um meine Artikel zu schreiben.

Am Tag vor der Rückkehr der Bronskis läutete die Kemmerle, um mir mitzuteilen, dass oben soweit alles in Ordnung sei. Ich bedankte mich und bat sie um den Schlüssel, da sagte sie:

„Vielleicht sollten Sie für ein paar Tage zu Ihrer Freundin ziehen."

„Weshalb?"

„Fragen Sie nicht, tun Sie´s einfach."

Man sah, dass sie es ernst meinte.

„Was haben Sie dort oben angerichtet?"

„Keine Sorge, nur das Nötigste."

Nun zog sie einen Umschlag aus ihrer Schürze, in dem sich der geliehene Schlüssel befand und ging nach oben, um ihn außen an Bronskis Wohnungstür zu kleben. Auf dem Rückweg nach unten zwinkerte sie mir gut gelaunt zu.

Ich packte ein paar Sachen und fuhr zu Gina, die sich freute, mich zu sehen.

„Kann ich eine Woche bei dir wohnen?"

Sie lächelte mich an.

„Kein Problem. Aber warum so plötzlich?"

„Die Hausbewohner nerven …", erwiderte ich unbeschwert trotz böser Vorahnungen.

Am nächsten Nachmittag klingelte mein Handy. Das Trudlinger Tagblatt fragte an, ob ich eine kurzfristig angesetzte Pressekonferenz im Polizeipräsidium übernehmen könne, es gehe um irgendeine Verhaftung vor Ort. Ich fuhr gleich los. Es waren bereits Kollegen vom Radio und vom Trudlinger Lokalfernsehen da, wir machten die üblichen Scherze. Der Polizeisprecher trat nun zusammen mit dem ermittelnden Hauptkommissar vor die Mikrofone.

Auf der Leinwand hinter ihnen erschien ein Bild des festgenommenen Mannes. Es war Axel Bronski.

Man habe bei einer heute durchgeführten Wohnungsdurchsuchung zahlreiches Diebesgut aus insgesamt acht Einbrüchen der vergangenen Monate gefunden, es handele sich dabei überwiegend um wertvollen Schmuck, der in der Blumenerde der Wohnungspflanzen versteckt gewesen sei. Außerdem habe man Heroin sowie eine größere Menge Falschgeld entdeckt. Einer Mitbewohnerin des Hauses sei seit Wochen ein außergewöhnliches Treiben in der Wohnung aufgefallen, weshalb heute, kurz nachdem der Mann mit seiner Frau von einer angeblichen Urlaubsreise zurückkam, ein Sondereinsatz stattfand.

Der Täter, ein noch unter Bewährungsstrafe stehender Finanzbetrüger, sitze nun in Untersuchungshaft. Seine Ehefrau gab an, nichts von den Einbrüchen ihres Mannes gewusst zu haben, was noch geprüft werde. Auch zu dem Falschgeld sowie dem Rauschgift könne sie keine Angaben machen.

Mit zitternder Hand schrieb ich mit und mailte meinen Bericht danach ans Trudlinger Tagblatt. Ich fragte mich, warum noch niemand von der Polizei bei mir angerufen hatte, wo ich doch zwei Wochen lang den Wohnungsschlüssel gehabt hatte. Vielleicht war das im ersten Ermittlungserfolg untergegangen.

Sofort fuhr ich zu Frau Kemmerle und läutete Sturm. Von drinnen hörte man, was ich noch nie bei ihr erlebt habe, Partygeräusche und laute Stimmen.

Irgendwann öffnete sie mir und zog mich mit ins Wohnzimmer, wo knapp zwanzig fremde Leute feierten und Sekt tranken.

Die Kemmerle schob mich in die Mitte des Raumes.

„Darf ich vorstellen. Das ist der Mann, dem wir unseren Erfolg zu verdanken haben."

Es gab lautstarken Applaus und alle kamen zu mir, um zu gratulieren oder mich zu umarmen.

Dann fuhr die Kemmerle mit Blick in die Runde fort:

„Dank ihm konnten wir unseren lange ausgeheckten Plan so schnell umsetzen. Ihr alle habt wegen Bronski viel Geld verloren, doch nun wird er für das ihm untergejubelte Zeug endlich einsitzen müssen. Und zwar lange."

Alle klatschten und die Party ging weiter. Ich schnappte mir die Kemmerle und zog sie in die Küche.

„Was haben Sie getan?"

„Genau das Richtige."

„Aber wenn die Polizei erfährt, dass ich zwei Wochen lang den Wohnungsschlüssel hatte, hänge ich mit drin!"

Die Kemmerle tätschelte meine Hand und sagte:

„Ach, sind Sie süß. Machen Sie sich keine Gedanken, wir haben an alles gedacht! Übrigens können Sie wieder hier schlafen, die Gefahr ist vorbei."

„Und Bronskis Frau?"

Sie nahm mich bei der Hand, zog mich zurück ins Wohnzimmer und deutete auf eine Frau, die in einer Ecke saß und Tränen lachte. Ich erkannte sie kaum in ihrer lässigen Bekleidung, während die Kemmerle sagte:

„Sechs große Kartons mit ihrem Neckermann-Fummel haben wir vorhin zum Altkleidercontainer gebracht."

In dem Moment blickte Frau Bronski zu mir herüber. Lachend eilte sie auf mich zu und umarmte mich ebenfalls.

„Das haben Sie klasse gemacht. Natürlich hatte keiner im Haus den Schlüssel, das kann ich bezeugen."

„Aber wenn Ihr Mann in einigen Jahren wieder freikommt ..."

„... dann tische ich ihm eine wilde Geschichte auf."

Dann berichtete mir die Kemmerle, wie die Bronski-Geschädigten seit Monaten angeblich verübte Einbrüche zur Anzeige gebracht und genaue Angaben zu den gestohlenen Gegenständen gemacht hätten. Eben diese habe sie in Bronskis Wohnung deponiert. Das Besorgen des Falschgelds und des Heroins sei schwieriger gewesen, doch da habe seine Frau uns geholfen, die Details wolle sie aber lieber für sich behalten.

„Seine Frau half dabei?", fragte ich erstaunt.

„Klar, die will ihn schon lange loswerden."

Doch hier und heute, vier Jahre später, schien Bronskis Frau ihn noch immer nicht losgeworden zu sein und ihre

Geschichte, die mich entlasten sollte, hatte er ihr offensichtlich nicht abgenommen, weshalb er meine neue Adresse herausgefunden hatte und leibhaftig vor mir stand.

Die Faust, die auf mich zugekommen war, hatte abrupt gestoppt. Ich spürte ihre Wärme vor meinem rechten Auge und stand wie erstarrt vor Schreck.

Da begann Bronski zu grinsen und schlug mir plötzlich auf die Schulter.

„Keine Sorge, ich weiß alles."

Er drängte mich in die Wohnung und wir setzten uns an den Küchentisch, wo er mich lange anstarrte, ehe er begann.

„Ich bin im Bilde. Dir, der Kemmerle und selbst meiner Frau, euch allen hat er zugesetzt, dieses Schwein, das mich hinter Gitter brachte."

Ich hatte keine Ahnung, von was er redete. Nun lächelte er mich an und sagte:

„Schröder."

Ich stutzte. Wer war Schröder? Hatte ich etwas verpasst oder war er Teil dieser wilden Geschichte, die seine Frau ihm aufgetischt hatte, um von uns abzulenken? Aber warum war ich nicht eingeweiht?

„Kennst du ihn?", fragte er.

„Den Namen habe ich schon mal gehört."

„Aber du hast ihm meinen Wohnungsschlüssel gegeben."

„Sagt wer?", versuchte ich Licht ins Dunkel zu bringen.

„Sagt Schröder."

„Dann lügt er.", versuchte ich meinen Kopf zu retten.

Bronski blickte mich an:

„Das glaube ich auch."

Ich atmete auf. Bronski wurde ruhiger, er schien ein gewisses Vertrauen in mich gefasst zu haben.

„Jedenfalls hat Schröder die Wohnung präpariert und dann die Polizei gerufen.", stellte er abschließend fest.

Da klingelte mein Telefon. Bronski nickte und ich ging ran. Es war seine Frau, die mir mit aufgeregter Stimme irgendetwas über einen nicht existierenden Schröder erklären wollte, er sei Schuld an allem, das müsse ich unbedingt wissen, den Rest würde Frau Kemmerle erledigen ... hier unterbrach ich sie und erwiderte, dass ich mich sofort auf den Weg machen würde und fragte dann, ob der Fotograf schon Bescheid wisse. Dann legte ich rasch auf.

„Die Arbeit ruft, ich muss zu einem Pressetermin.", sagte ich bedauernd zu Bronski.

Er sah mich prüfend an, während ich im Bürozimmer meinen Arbeitskoffer holte und mir schon mal eine Jacke überwarf. Als ich in die Küche zurückkehrte, hatte er mein Telefon in der Hand und streckte es mir entgegen:

„Schon seltsam, dass deine Redaktion die gleiche Telefonnummer hat wie meine Frau und ich."

„Ich muss los.", sagte ich.

Er packte mich am Oberarm.

„Bronski!", schrie ich ihn an, „es stimmt, deine Frau hat mich angerufen, weil Sie weiß, wo Schröder ist. Verstehst du? Doch wenn du ihn in die Finger kriegst, legst du ihn vermutlich um, und dann? Lebenslänglich? Willst du das? Lass es uns machen, wir kümmern uns um darum. Ich muss mich jetzt beeilen."

Ich setzte darauf, dass Bronski weder hell im Kopf noch ein schneller Denker war, beides Eigenschaften, die nur selten mit Türstehern oder Vermögensberatern in Verbindung gebracht werden. Er nickte, verließ mit mir die Wohnung und verschwand. Mit dem Auto raste ich zu meinem Hausarzt, ließ mich krankschreiben und verkroch mich eine Woche lang bei meiner Freundin, bis ich das in der Zeitung las, worauf ich gehofft hatte: Bronski war tot im Moor aufgefunden worden. Ich hatte es gewusst, auf die Kemmerle war Verlass.

Ich traf sie um Mitternacht, auch Bronskis Witwe stieß dazu, selten hatte ich sie so ausgelassen erlebt. Nach drei Stunden hatten wir unsere Aussagen bezüglich Schröder aufeinander abgestimmt.

Den Mord an Bronski würde er büßen müssen. Bei drei Zeugen wird er keine Chance haben, so man ihn jemals findet. Ausgerechnet Schröder, wer hätte das von ihm gedacht?

Tokyo

Mein Großvater hatte angekündigt, mit mir nach Tokyo reisen zu wollen, da er dort eine Angelegenheit zu klären habe. Seine verlorengegangenen Englischkenntnisse hätten ihn dazu bewogen, mich mitzunehmen, so sei mein abgebrochenes Anglistikstudium wenigstens zu etwas nütze. Auf meine Frage, was genau er in Tokyo wolle, schwieg er eisern. Als ich Mutter gegenüber beiläufig etwas von einer japanischen Sache bei Großvater andeutete, stöhnte sie und fragte, ob *das* nun wieder losgehe. Auf meine Frage, was sie damit meine, schwieg sie eisern.

Auch Vater wusste nichts von Tokyo, allerdings hat er auch seit zwanzig Jahren kein Wort mehr mit Großvater gewechselt, ähnlich hielt er es mit meiner Mutter und mir, eisernes Schweigen ist fester Bestandteil unseres Familienlebens. Keine Ahnung, wie ich Sprechen gelernt habe.

Großvater wollte mir einen detaillierten Reiseplan vorlegen, den ich dann organisieren sollte. Auf dem zerknitterten Zettel, der irgendwann im Briefkasten lag, standen zwei Vorgaben: Der Aufenthalt solle im Mai stattfinden und wohnen wolle er im Zentrum. Da sich nach meinen Recherchen die Innenstadt von Tokyo über sechshundert Quadratkilometer erstreckt, bat ich ihn, sich für einen der dreiundzwanzig Stadtzentren zu entscheiden, was ihn aber nicht weiter interessierte. Ich solle einfach ein zentrales Hotel buchen, ob das denn so schwer sei, außerdem zwei

Einzelzimmer und mindestens fünf Sterne, da er qualifiziertes Personal benötige, auch in Hinblick auf eine Rückreise zu dritt. Zuerst meinte ich, mich verhört zu haben, doch auf meine Nachfrage hin blieb er stumm. Nachdem ich alles organisiert und seine Kreditkarten überprüft hatte, brachen wir auf.

Mutter gegenüber gaben wir vor, im Odenwald wandern zu gehen, was sie uns aber nicht abnahm, obwohl Großvater für seine siebenundsiebzig Jahre noch erstaunlich rüstig war.

In der halbleeren Maschine von Frankfurt nach Tokyo war Großvater gut drauf und machte Späße mit den japanischen Stewardessen, die zwar nichts verstanden, aber immer höflich lachten. Der Flug verlief problemlos, wir schliefen einige Stunden, auch wenn Großvaters Schnarchen im ganzen Flugzeug zu hören war. Bei der Einreisekontrolle mussten wir unsere Gesichter fotografieren und uns Fingerabdrücke abnehmen lassen, was ihn sehr erboste.

„Hätte es diesen Quatsch schon 1964 gegeben, die Olympiade wäre bis heute noch nicht eröffnet."

Sofort wollte ich nachhaken, ob unsere Reise etwas damit zu tun habe, doch da wurden wir bereits durchgewunken. Auf dem Weg zur Gepäckausgabe nörgelte er, dass er den Flughafen nicht wiedererkenne und wir hier falsch seien. Ich klärte ihn auf, dass man früher in Haneda gelandet sei, nun aber Narita der internationale Flughafen sei.

Mit den Koffern beladen stiegen wir in den Bus. Es herrschte viel Verkehr, so dass wir über zwei Stunden auf den Stadtautobahnen verbrachten. Während er ungeduldig auf die Innenstadt wartete und meinen Beteuerungen, diese bereits seit geraumer Zeit zu durchqueren, keinerlei Glauben schenkte, ging seine Laune in den Keller.

„Das war damals alles viel kleiner. Wie soll man da etwas finden?", murmelte er immer wieder vor sich hin. Ich fand dies den passenden Zeitpunkt, mich nach seinen Plänen zu erkundigen.

„Was genau suchen wir denn?"

Er überhörte mich und sagte nur:

„Erstmal müssen wir in die Stadtmitte."

Ich verdrehte die Augen und schwieg. In der Art ging es weiter, bis ich die riesige Zeltmuschel des Tokyo Dome Stadions auftauchen sah, an dessen Rand sich unser Hotel befand. Der Bus stoppte vor dem Eingangsbereich und wir stiegen aus. Zwei Angestellte verbeugten sich, halfen beim Gepäck und brachten uns zur Rezeption, wo fünf hübsche Japanerinnen freundlich lächelnd auf uns warteten, so dass Großvater Mühe hatte, sich für eine zu entscheiden. Wir wurden behandelt, als gehöre uns das Hotel. Nach dem Einchecken tauchte ein weiterer Angestellter auf, verbeugte sich, nahm die Koffer und begleitete uns auf unsere Zimmer im zwölften Stock des Hotels.

Großvater wollte sich erstmal ausruhen, so gab er mir zwei Stunden frei und ich setzte mich in ein nahes Starbucks Coffee. Eine junge Frau bediente mich, auch sie lächelte ständig. Ich bekam zunehmend gute Laune in diesem Land, denn der Kontrast zu meinem Elternhaus konnte krasser kaum sein. Mutters dauergenervter Tonfall galt nicht nur ihrem verstummten Mann, sondern auch Großvater. Deren Verhältnis war zeitlebens angespannt gewesen, da er in erster Linie durch Abwesenheit geglänzt hatte. Er schien ein gutaussehender Mann gewesen zu sein, obendrein Handelsvertreter einer Porzellanmanufaktur, was ihn für Damen noch anziehender machte. Großmutter hatte dessen Weibergeschichten irgendwann satt, sie verschwand und hinterließ ihm das Kind, für das er zwar keine Zeit, aber immer Aufsichtspersonal in Form von Liebhaberinnen fand, die meine Mutter aber alle nicht mochte. War möglicherweise eine Japanerin darunter gewesen?

Als ich eine Stunde später ins Hotel zurückkehrte, klebte ein Zettel von Großvater an meiner Zimmertür: Ich solle sofort kommen.

Er schnauzte mich an, wo ich den ganzen Tag gewesen sei, er bezahle mich nicht fürs Herumstreunen. Mit dem Aufzug fuhren wir nach unten und fragten an der Rezeption nach Hilfe für ein besonderes Anliegen. Es wurde ein älterer Angestellter herbeigerufen, der perfekt Englisch sprach und uns in sein Büro führte. Dort stellte er sich als Mr. Masakazu vor und fragte, was er für uns tun könne.

Großvater öffnete eine Mappe, holte ein vergilbtes Schriftstück heraus, auf dem an einer Stelle seine gut lesbare Unterschrift zu sehen war, der Rest bestand aus japanischen Schriftzeichen. Der Mann nahm das Blatt, las es durch und sah uns verständnislos an.

Großvater bat mich nun zu übersetzen und sagte:

„Ich suche eine Frau, die ich 1964 hier in Tokyo bei den Olympischen Spielen kennengelernt habe, wo ich Betreuer im deutschen Team war. Das einzige was ich von ihr habe, ist diese Urkunde. Können Sie uns helfen?"

Masakazu hörte sich meine Übersetzung an und warf immer wieder einen besorgten Blick auf das Dokument. Dann fragte er mich, ob es noch andere Unterlagen über jene Frau gäbe. Ich übersetzte es Großvater, der den Kopf schüttelte. Masakazu erklärte nun, dass es sich bei dem vorliegenden Dokument um eine alte Stromzählerablesung handele, auf dem seltsamerweise der Name meines Großvaters geschrieben stehe, und zwar an der Stelle, wo der Name des Ablesers eingetragen werden müsse. Masakazu fragte, ob Großvater früher dort vielleicht gearbeitet habe.

Ich übersetzte und Großvater wurde leichenblass.

„Also doch, ich habe es geahnt!", rief er aufgebracht und fasste sich an die Brust. Der Japaner fragte, ob er den Hotelarzt rufen solle, doch da stürmte Großvater bereits aus dem Büro. So hatte ich ihn noch nie erlebt. Ich entschuldigte mich bei Masakazu für diese Unhöflichkeit, dieser zeigte jedoch Verständnis und erkundigte sich, ob er sonst noch etwas für uns tun könne. Ich dankte ihm und erklärte, dass ich meinen Großvater suchen müsse.

In seinem Zimmer war er nicht. Die Sache schien ihn mitzunehmen, und wenn ihm etwas naheging, betrank er sich normalerweise. Also klapperte ich die Örtlichkeiten in der Umgebung des Hotels ab und fand ihn schließlich in einer Bar vor einer Flasche Whisky sitzen, während er den Barkeeper mit seinem Monolog von der Arbeit abhielt. Höflich hörte der junge Mann zu, auch wenn er kein Wort davon verstand. Ich setzte mich zu Großvater an die Theke und signalisierte dem Barkeeper, dass ich übernehmen würde.

Großvater redete davon, wie er *Akina Haruki*, so hieß die Frau, die er suchte, damals kennengelernt hatte. Sie habe eine Silbermedaille im Weitsprung gewonnen und ein paar Worte englisch gesprochen. Sie hätten sich nachts heimlich im olympischen Dorf getroffen. Nun zog er ein entsprechendes Foto aus der Tasche. Ich war beeindruckt, Großvater sah ebenso blendend aus wie die exotische junge Schönheit neben ihm.

„Eine schöne Frau.", kommentierte ich.

„Natürlich, was denn sonst?"

„Warum bist du damals nicht gleich zurückgeflogen, um sie zu holen?"

„Bin ich ja! Aber sie war unauffindbar. Die Olympiade war vorüber, alle Teilnehmer abgereist und ich hatte keine Ahnung, wo sie lebte."

„Und was ist mit diesem seltsamen Zettel?"

196

„Wir wollten uns verloben."

Er stierte in sein Glas und murmelte wirr vor sich hin. Dieser Zustand konnte dauern, also fragte ihn, ob ich das Foto haben dürfe und ging damit ins Hotel zu Masakazu. Ich erzählte ihm, was ich soeben erfahren hatte und fragte, ob er recherchieren könne, wo diese Frau wohne, sollte sie noch leben. Er versprach, sich darum zu kümmern.

Ich ging zurück in die Bar. Als ich mich erneut neben Großvater setzte, begann er zu reden. Er ahne inzwischen, wer hinter dem Ganzen stecke: Strunzmann, der damals auch ein Auge auf Akina gehabt habe und obendrein japanisch sprach. Strunzmann habe ihm dieses bescheuerte Stromzählerdokument als traditionelle Verlobungsurkunde untergejubelt und gemeint, jetzt könne ich sorglos abreisen, Akina würde bis zu meiner Rückkehr auf mich warten.

Er schüttelte seinen Kopf und murmelte:

„Wie konnte ich nur so blöd sein? Strunzmann war schon damals ein exzellenter Lügner, nicht umsonst machte er später Karriere bei der CSU."

Großvater schüttete sich großzügig Whiskey nach.

„Zwei Wochen lang habe ich Akina gesucht, aber lediglich ihren Trainer gefunden. Sie selbst jedoch war wie vom Erdboden verschluckt."

„Und dann?"

„Ja was wohl? Ich bin wieder zurückgeflogen und habe Strunzmann um Hilfe gebeten. Er meinte, ich solle es vergessen. Wenn eine japanische Verlobte nicht warte, sei sie nichts wert."

Ich wollte weiter nachhaken, doch nun schwieg er eisern.

Also ging ich zurück ins Hotelzimmer, wo mich Masakazu anrief und zu sich bat. In seinem Büro erklärte er, dass die Olympiateilnahme jener Akina Haruki ein wichtiger Hinweis gewesen sei. Sie lebe in Yokohama und ihre Adresse habe er über einen Neffen, der in der dortigen Stadtverwaltung arbeite, ausfindig gemacht. Sie sei verwitwet und lebe dort allein. Damit überreichte er mir einen Ausdruck voller japanischer Zeichen. Wenn mein Großvater es wünsche, könne er uns bei dem Besuch begleiten.

Ich bedankte mich bei Masakazu und verließ sein Büro. In der Lobby begegnete ich Großvater, wie er mit unsicherem Gang in Richtung Aufzug schwankte. Ich passte ihn ab und erzählte ihm die Neuigkeit. Er sah mich an, drehte auf der Stelle um und steuerte erstaunlich zielsicher auf Masakazus Büro zu. Großvater konnte es extrem dringlich haben, dann gab es für ihn kein Halten. Er lallte, in zehn Minuten sei Abfahrt nach Yokohama. Ich gab zu bedenken, dass er seine Verlobte nicht mit dieser Alkoholfahne aufsuchen könne. Er stierte mich grimmig an und statt bei Masakazu zu klopfen, wollte er nun plötzlich auf sein Zimmer, wo er sich aufs Bett legte und sofort einschlief. Ich zog ihm die Schuhe aus und deckte ihn zu.

Am nächsten Vormittag machten wir uns auf den Weg. Großvater hatte sich rasiert und seinen feinsten Anzug an. Tokyo ging übergangslos in Yokohama über, ich bemerkte es erst, als Masakazu von der Stadtautobahn abfuhr und ich die am Meer gelegene Skyline der Stadt erkannte.

Wir bogen irgendwann in eine Nebenstraße ein und hielten vor einem Wohnblock.

Masakazu meinte, hier wohne Akina Haruki. Großvater wurde blass. Ich wagte einen Scherz über seinen Zustand, doch er hörte nicht hin.

Masakazu läutete und die Tür zu dem Wohnkomplex wurde geöffnet. Mit dem Aufzug erreichten wir den dritten Stock und standen dann vor der Wohnungstür. Ich sah, dass Großvater sich mit seinem Taschentuch die Stirn abwischte und sich die Hände trocknete. In Bezug auf Frauen kannte ich ihn bisher nur souverän, seine herablassende Art war berüchtigt, doch im Moment sah man keine Spur davon, im Gegenteil, er war sichtlich aufgewühlt.

Die Tür öffnete sich und eine junge Frau sah uns fragend an. Masakazu sprach mit ihr, während sie immer wieder nickte und dann in einem der Zimmer verschwand. Dies sei Hino, die Enkelin der betreffenden Dame, klärte uns Masakazu auf, sie werde nun ihre Großmutter fragen, ob sie uns empfangen wolle. Hino kam zurück und sprach erneut lange mit Masakazu. Großvater konnte nur mit

Mühe seine Ungeduld verbergen, doch er blieb regungslos stehen und wartete auf Masakazus Erklärung.

Nun lächelte mich die Enkelin für mehrere Sekunden an und schloss dann die Tür. Ihr Blick war mir durch und durch gegangen. Masakazu erklärte, dass Akina Haruki skeptisch auf unser Anliegen reagiert habe, sich aber in einer halben Stunde in dem Teehaus gegenüber einfinden werde, um die Angelegenheit aus der Welt zu schaffen, wie sie sich ausgedrückt habe.

Wir setzten uns in das Teehaus und warteten. Irgendwann sahen wir die beiden die Straße überqueren. Akina Haruki war elegant gekleidet und strahlte mit ihrem aufrechten Gang Würde aus. Großvater bekam große Augen. Die Enkelin war leger in Jeans und T-Shirt bekleidet und eine Augenweide für mich. Sie betraten das Teehaus und kamen an unseren Tisch, wo wir uns voreinander verbeugten.

Akina Haruki, die ich nur von dem einen Foto kannte, war ihre einstige Schönheit noch immer anzusehen, zudem sah sie sah wesentlich jünger aus als Großvater, auch Hino wirkte fast noch jugendlich, doch vermutlich war sie bereits Ende Zwanzig und damit so alt wie ich. Der Gedanke, dass Großvater erwogen hatte, Akina, diese stolze, unnahbare Frau, nach fünfzig Jahren einfach so mit nach Deutschland zu nehmen, war absurd. Sie starrte Großvater unverwandt an, ihr Gesicht zeigte keinerlei Regung, während Großvaters Nervosität sichtlich zunahm. Nun zog er das alte Foto sowie das Stromdokument hervor und reichte es ihr. Akina betrachte beides skeptisch und sagte etwas zu ihrer Enkelin. Diese übersetzte es ins Englische. Ihre Großmutter erinnere sich nicht an diese Begegnung. Es gäbe viele Fotos von ihr aus der Zeit der olympischen Spiele, und dieser dubiose Zettel sage ihr ebenfalls nichts. Nun meldete sich erstmals Masakazu und sprach lange auf Akina ein. Immerhin brachte er sie damit mehrere Male zum Lächeln. Als er endete, gab er uns ein Zeichen des Bedauerns, auch er hatte offensichtlich nichts erreicht.

Da richtete Großvater das Wort direkt an sie:

„Akina, erinnerst du dich wenigstens an Herbert Strunzmann?"

Schon beim Klang dieses Namens aus Großvaters Mund reagierte sie negativ. Ich übersetzte es der Enkelin, die es an Akina weitergab. Aus deren Mund kam nun ein Redeschwall in scharf gezischten Tönen. Ich sah Hino fragend an, doch sie weigerte sich, das eben Gesagte zu übersetzen. Auch Masakazu schwieg, ihm schien die Angelegenheit höchst unangenehm.

Sie erinnert sich zumindest an Strunzmann, flüsterte ich Großvater zu. Akina hatte den Namen erneut gehört und erhob sich wütend. Nach einer knapp angedeuteten Verbeugung verschwand sie mit ihrer Enkelin auf der Straßenseite gegenüber in ihrem Wohnkomplex.

Masakazu sah uns betroffen an und ich fragte ihn, was falsch gelaufen sei, doch es kam nichts außer freundliche

Gesten des Bedauerns. Selbst in Japan kannte man eisernes Schweigen, doch nirgends wurde höflicher geschwiegen als hier. Am frühen Abend waren wir zurück im Hotel.

Auf dem Rückflug würdigte Großvater im Gegensatz zu mir die japanischen Stewardessen keines Blickes mehr. Ich hingegen konnte mich an deren Lächeln kaum satt sehen, zuhause würde ich auf derartiges verzichten müssen.

Wieder zurück kramte Großvater eine gerahmte Grafik mit japanischen Schriftzeichen und einer Blume aus seinem Schrank hervor, die er sich übers Bett hängte. Ich habe das Bild heimlich fotografiert. Ansonsten sprach er nie wieder von unserer Unternehmung, dennoch wirkte er erleichtert, die Sache mit Japan geklärt zu haben. Mutter hatte bei unserer Rückkehr ein paar giftige Bemerkungen über das Wandern im Odenwald fallen lassen, was er aber ignorierte.

Im Herbst habe ich mich dann erneut an der Uni eingeschrieben, dieses Mal zum Studiengang Japanologie. Großvater hatte, als ich von meinem Plan berichtete, zwar mit dem Kopf geschüttelt, schließlich aber versprochen, mir das Studium zu finanzieren.

Von einer aus Kyoto stammenden Professorin habe ich dann erfahren, was das Bild mit den Schriftzeichen über seinem Bett bedeutete:

Akina - Frühlingsblume
Haruki - strahlend hell

Mein Auslandssemester werde ich in Yokohama verbringen und versuchen, dort Hino zu treffen. Anders als Großvater werde ich es aber geschickter anstellen und mich, sollte es mit Hino etwas werden, nicht mit irgendeinem Zettel abspeisen lassen. Diese Erfahrung bin ich ihm voraus. Immerhin.

www.norbert-buechler.de

Weitere Romane
des Autors:

Inselfluchten

Der Maler und Bildhauer Paul Baumann lebt zurückgezogen auf einer Kykladeninsel und hat seit langem ein Verhältnis mit seiner Schwägerin Judith. Als deren Sohn ihn auf der Insel besucht und dabei die junge Halbgriechin Anna kennenlernt, löst dies eine Reihe von familiären Turbulenzen aus, in deren Verlauf lange gehütete Geheimnisse ans Tageslicht kommen. Zudem führt das Zusammentreffen von Paul Baumann mit Annas Vater, einem Musiker, für beide zu einem folgenreichen Aufbruch nicht nur in künstlerischer Hinsicht.

Ein Roman über die Liebe, die Kunst und das vergebliche Flüchten vor der Vergangenheit.

Roman (2009, Neuauflage 2015), 320 S.
ISBN 978-3-7368-2765-7

Bilder einer Ausstellung

Während der Tournee eines Orchesters erkranken nach einer Feier ein Drittel der Mitglieder und es müssen Ersatzmusiker einspringen, darunter der Geiger Frank Beckmann. Nach dem Abschlusskonzert gibt der Dirigent ein Fest auf seinem Anwesen, wo Frank Beckmann in dessen Privatgalerie ein Gemälde entdeckt, das er zu kennen glaubt. Neugierig geworden, findet er im Nachlass seiner Eltern seltsame Unterlagen, die auf einen jüdischen Kunsthändler und dessen verschwundene Bilder einer Ausstellung im Jahre 1936 hinweisen.

Inmitten des Orchesteralltags beginnt eine spannende Spurensuche, die von Florenz über den Genfer See bis zur Amalfiküste führt.

Roman (2014, Neuauflage 2019), 200 S.

ISBN 978-3-7322-7891-6

Auf der Welt
mache ich nichts mehr

Oswald, ein ehemaliger Rockmusiker, lebt zurückgezogen in einem bayerischen Dorf und hängt weiter der Illusion nach, dass er als junger Gitarrist die Londoner Rockszene hätte aufmischen können, wenn die Briten ihn damals nur geholt hätten. Sein Eigenbrötler-Dasein kommt in Bewegung, als plötzlich sein Neffe Daniel vor der Tür steht. Einer unerfüllten Liebe wegen nimmt Daniel das Wagnis auf sich, undercover an einem Schriftstellerkurs teilzunehmen, während der mittlerweile sechsundsechzigjährige Oswald ein furioses Comeback mit seiner Rockband plant. Das Wiedersehen der alten Musikerfreunde verläuft vielversprechend, doch dann beginnt das Vorhaben aus dem Ruder zu laufen.

In lockerem Tonfall erzählt Norbert Büchler von den Versuchen, sich den vertanen Chancen im Leben neu zu stellen und schlägt nebenbei eine Brücke von den „verrockten" Siebziger Jahren bis ins Heute.

Eine humorvolle Huldigung an die unausrottbaren Essenzen des Lebens - der Liebe und der Musik.

Roman (2018), 320 S., ISBN 978-3-7528-4967-7